花楸与珠贝

茨维塔耶娃诗选

M. Цветаева, Избранные стихотворения

［俄］茨维塔耶娃 著
谷羽 译

人民文学出版社

M. ЦВЕТАЕВА
ИЗБРАННЫЕ СТИХОТВОРЕНИЯ

图书在版编目(CIP)数据

花楸与珠贝:茨维塔耶娃诗选/(俄罗斯)茨维塔耶娃著;谷羽译.—北京:人民文学出版社,2021
ISBN 978-7-02-012920-1

Ⅰ.①花… Ⅱ.①茨… ②谷… Ⅲ.①诗集—俄罗斯—现代 Ⅳ.①I512.25

中国版本图书馆 CIP 数据核字(2017)第 123302 号

责任编辑	李丹丹
装帧设计	李思安
责任印制	徐 冉

出版发行	人民文学出版社
社　　址	北京市朝内大街 166 号
邮政编码	100705
网　　址	http://www.rw-cn.com

印　　刷	北京盛通印刷股份有限公司
经　　销	全国新华书店等

字　　数	167 千字
开　　本	787 毫米×1092 毫米　1/32
印　　张	14.5　插页 3
印　　数	1—5000
版　　次	2021 年 2 月北京第 1 版
印　　次	2021 年 2 月第 1 次印刷

书　　号	978-7-02-012920-1
定　　价	62.00 元

如有印装质量问题,请与本社图书销售中心调换。电话:010-65233595

茨维塔耶娃

作者手迹

目　次

序言

那接骨木，那花楸树 …………………… 江弱水 1

爱情篇　我们俩拥有同一个摇篮

给谢·艾 ……………………………………………	3
给谢·艾 ……………………………………………	5
我要从所有的土地……	7
圣母怀抱着她的圣婴……	9
夜晚没有心上人陪伴……	11
我是你笔下的一页稿纸……	13
恰似一左一右两条胳膊……	15
豪迈气概已经冻结……	16
我把这本书托付给风……	18
给谢·艾 ……………………………………………	20

1

人间的名字 ·················· 21
我瞅着黑眼睛的你——离别！····· 23
别的人有明眸·················· 25
看不见、听不见的朋友·········· 27
在我的躯体里有军官的耿直······ 29
阵亡的军人——撤退的军人····· 31
我将追问河面宽阔的顿河水······ 33
爱情！爱情！·················· 35
哦，八面来风！················ 37
活着并且健康！················ 41
给谢·艾······················ 44
给谢·艾······················ 47
曾几何时，向同龄人发誓········ 49

恋情篇　我是大海瞬息万变的浪花！

你走起路来姿势像我············ 53
疯狂——也是理智·············· 56
有些名字······················ 59
我想坐在镜子前面·············· 61
没有人能夺走任何东西！········ 63
你总是向后仰着头颅············ 65

哪儿来的这似水柔情？……	67
命丧女人之手……	69
我双手奉送……	71
莫斯科郊外青青小树林上空……	73
眼睛	75
给尼·尼·维	77
看到我脸色惨白	79
引人入胜又令人赞叹……	80
哪怕被钉在耻辱桩上……	81
有人是石头刻的……	83
给帕·安托科尔斯基……	85
那些词句有待思考……	87
残酷的磨难……	89
深夜絮语……	91
你好！……	93
你寻找忠贞可靠的女友……	95
生活撒谎难以模仿……	97
白发	99
当我心爱的兄长……	101
倾身	103
荷花汁液	106

珠贝	108
书信	112
分秒	114
利剑	117
峡谷	120
车站的呼声	125
布拉格骑士	128
女友	131
古老的虚荣	133
你爱我爱得确实虚伪	135
体验嫉妒	137
爱情	141
我向俄罗斯的黑麦鞠躬致敬	142
缓慢爬行的巨石	144
给一个孤儿的诗	146
两个人,比皮毛热	150
他走了	152
时候到了	154
你的岁月——是山	156
我一直重复头一行诗句	158

亲情篇　我种了棵小苹果树

给妈妈 ……………………………………… 165
给外婆　167
小姑娘！…………………………… 169
我种了棵小苹果树…………………… 171
给阿莉娅　173
亲亲额头…………………………………… 174
"天鹅在哪里？"………………………… 176
给阿莉娅　178
听着国内风暴的呼啸………………………… 179
摇篮,笼罩着一片红光……………………… 181
给阿莉娅　183
你跌倒了………………………………… 184
我的宫殿阁楼……………………………… 186
给阿莉娅　189
家庭里的小精灵…………………………… 191
在幽暗的车厢里…………………………… 193
星光照亮摇篮……………………………… 195
伸出两只空落落的手………………………… 196
哦,我简朴的家！…………………………… 198

5

友情篇　宽阔的河床容纳我所有的河

你的名字……	203
野兽需要洞穴……	205
我在莫斯科……	206
哀泣的缪斯啊……	208
孩子的名字叫列夫……	210
你难以解脱……	212
一根细细的电线……	213
赋予我双手……	215
你遮住了我高空的太阳……	217
给巴尔蒙特	218
相互竞赛的累累瘢痕……	220
致米·亚·库兹明	222
致信使	224
给爱伦堡	227
给马雅可夫斯基	229
天啊,请收下我的铜币……	231
给阿·亚·恰布罗夫	233
悼念谢尔盖·叶赛宁	235

乡情篇　洪亮的钟声如雷霆轰鸣

红色花楸果…… 239
在彼得抛弃的城市上空…… 241
八月——菊花开放…… 243
两棵树…… 245
松明 247
祖国 249
对祖国的思念！…… 252
接骨木 256

诗情篇　我是凤凰，只在烈火中歌唱！

祈祷 261
两种光 263
我忘了，您的心…… 265
我的诗…… 267
致拜伦 269
这些诗写得匆匆忙忙…… 271
普叙赫 273
乌黑的天空显现词句 275
我赞美每个白天的劳作…… 276

临终时刻,我不说……	277
贪婪的烈火——我的骏马!	278
每行诗都是爱情的产儿……	280
诗句生长……	282
假如心能生长一双翅膀……	284
别人不要的东西……	285
寄一百年以后的你	287
我幸福因活得美好又简单……	291
礼拜六与礼拜天之间……	293
我知道,我将在霞光中死去!……	295
七天的七啊……	297
高傲和怯懦……	299
忘川盲目流淌……	300
西维拉	302
时间颂	305
悄悄窃取	308
航海者	310
"你的诗,没有人要"……	312
三十年的缘分……	314
忠实的书桌……	316
剖开了血管……	317

离群索居……	318
时代不会想到诗人……	320

悲情篇　可惜田埂不生娃娃

脉管注满阳光……	323
"战争！战争！……"	325
我知道真理！	326
两颗太阳结了冰……	328
惨白的太阳,盘旋在低空的乌云……	330
莫斯科！多么庞大……	332
哦,小蘑菇呀,小蘑菇	334
车轮朝我冲过来……	337
擅长魔法的女巫！	339
弟兄们！这是一年	341
当我瞅着纷飞的落叶……	345
森林	346
温柔的法兰西	348
不知道,是怎样的首都……	350
我的明灯……	352
琥珀该摘去了……	354

9

愁情篇　失眠后身体软弱无力

磨面与磨难 …………………………	357
给他的女儿 …………………………	359
我庞大的都市笼罩着——夜……	362
夜晚失眠后身体软弱无力……	364
如今,在你的国度里……	366
今天夜晚我独自过夜……	368
比温柔更温柔……	370
乌黑,像瞳孔,像瞳孔……	372
看,又是这样的窗口……	374
平和的游荡生活……	376
我独自一个人迎接新年……	377
我的姿态朴素……	378
像饮酒深深地痛饮一口……	380
致柏林 ……………………………	382

风情篇　茨冈人热衷于分离

饶舌的人们和邻家的狗……	387
我怀着无限的柔情……	390
我既不遵守圣训……	392

致命的著作	393
茨冈人多么热衷于分离！	395
傍黑儿天气	396
他瞅了一眼	398
可爱的旅伴	400
德·戈雷骑士！	402
眼睛向下低垂,不敢抬头	404
把一撮头发烧成灰	406
歌声飞扬	408
欢乐——就像是糖	409
失陪了,迷人的朋友	411
虚幻的嘴唇	413
如果我把手伸给你	415
自己管不住自己	417
译后记	419
附:茨维塔耶娃生平与创作年表	424

序　言

江弱水

那接骨木,那花楸树

中国人形容苦日子是黄连,俄国人则比喻为艾蒿。茨维塔耶娃说:"活到头——才能嚼完那苦涩的艾蒿。"阿赫玛托娃也写道:"旅人啊,你的旅途黑暗茫茫,异乡的粮食含着艾蒿的苦楚。"读白银时代俄罗斯诗人的传记和作品,深为那非人所能承受的苦难震撼,我常常掩卷太息,不能自已。阿赫玛托娃、曼德尔斯塔姆无不如此,而茨维塔耶娃尤甚。

茨维塔耶娃 1892 年出生于莫斯科一个上层知识分子家庭,很早就写诗,十八岁出版了处女作诗集《黄昏纪念册》,由此广受瞩目。十月革命后,她的丈夫谢尔盖·

艾伏隆参加白军而流亡西方。1922年茨维塔伊娃离开俄罗斯,辗转于德国、捷克与法国十七年之久,过着非常贫困的侨民生活。1939年6月她带着儿子穆尔回到了苏联。两个月后,先期回国的女儿阿莉娅被逮捕。四个月后,丈夫艾伏隆被控从事反苏活动,被逮捕,然后被枪决。茨维塔耶娃生计无着,寄人篱下,为获得住处她向作协书记法捷耶夫求告,却连一个平方米都得不到。想发表作品,出版诗集,却被斥为思想幼稚,形式扭曲,是来自"那个世界"的病态产物。好像这样苦难还不够似的,苏德战争爆发,她和儿子从莫斯科疏散到外地,终于,1941年8月31日,茨维塔伊娃在绝望中自杀。

十九世纪与二十世纪上半叶的俄苏文学,似乎为了验证"诗穷而后工""穷苦之言易好"等文学铁律,催生那惊人美丽的诗歌与艺术之花,而施与土地以格外肥沃的养料,这就是痛苦的血泪。国家不幸诗家幸,但俄罗斯的问题是,好像为了诗歌之幸,特地要造成国之不幸,人之不幸。当然,从另一个角度来看,与中国儒家的养欲、道家的厚生、佛家的灭苦不同,俄罗斯人发展出来的独特的怜悯神学,似乎认为幸福中一定存在苦难,否则幸福就不圆满。托尔斯泰在《论生命》中说:"肉体痛苦是人的生命和幸福的必要条件。""真正的爱是永远建立在抛弃个人幸福之上,总是在对所有人怀有善意时产生的。"这个观点隐含着俄罗斯民族的基本公式,即只有通过苦难才能抵达彼岸。在俄罗斯人眼里,不幸的人,罪人,才真正能接近上帝。所以帕斯捷尔纳克会说,受践踏的人的命运是值得羡慕的。"我不爱没有过失、未曾失足或跌过跤的人。她们美得没有生气,价值不高。生命从未向她们展现过美。"(《日瓦戈医生》)

生命向茨维塔耶娃展现了炫目的美。上天给予她的是如此贫薄,简直吝啬,甚至狂暴,但她却将这一切化为精妙绝伦的诗章。她付出的爱如此之多、之广、之深,但收获回来的却少得可怜。祖国待她如晚娘,她待祖国如圣母。她侨居国外的十七年,在柏林,布拉格,巴黎,心心念念都只是俄罗斯。她说:"祖国并非通常所说的领土,而是割不断的记忆,切不断的血脉。只有那些不把俄罗斯放在心上的人,离开俄罗斯,才怕忘记她。谁把俄罗斯铭刻在心,只有丧失生命才会失去她。"她魂牵梦萦的,是莫斯科一千六百座教堂的争鸣的钟声,是血红的花楸树,是接骨木。她1916年的小诗《红色花楸果》,单纯,素朴,然而余韵不尽:

红色花楸果,
簇簇红似火。

树叶落纷纷,
母亲生了我。

教堂钟百口,
争鸣声不绝。
时当礼拜六,
使徒约翰节。

一直到今天,
爱好永不歇——
常嚼花楸果,
不怕味苦涩。

1931年写,到1935年还一改再改的《接骨木》一诗,细节精准,色彩浓烈,想象狂放,意味深邃而强烈。布满了整个庭院的接骨木的翠绿,标志着夏令已开始,绿得胜过诗人自己的眼睛。但是突然有一夜,树身气泡般颤音不停,浑身上下都是红色斑疹。在大地上所有的浆果之中,接骨木结出的果有毒,谁也不敢食用。诗的最后一节是:

接骨木,血样红! 血样红!

整个家乡在你的魔爪中!
接骨木,我的童年被你掌控!
接骨木,在你跟我之间,
似乎有种犯罪般的激情……
我真想以接骨木来命名——

世纪病……

血一样红的接骨木啊,整个家乡在你的魔爪中,童年也被你掌控。这是诗人悲剧性存在的隐喻,但受着酷刑、结出有毒的浆果、有着犯罪般的激情的接骨木,与俄罗斯正在发生的一切有着神秘的对应。这首诗,也是由如焚的乡愁刺激而成。

茨维塔耶娃的一生,让我想到中西都有的"蚌病成珠"一说。茨维塔耶娃诗中我个人最喜欢的一首,最为圆融光润而深沉的,恰好就是《珠贝》,其中写道:

她拥有珠贝的隐秘穹隆……
睡吧!我忧伤的秘密欢情,

睡吧!遮蔽了海洋和陆地,
像珠贝一样我拥抱着你:

从左右两边,从头顶到脚跟——
珠贝像摇篮把你裹得紧紧。

心灵疼爱你白天不亚于夜晚——
尽力舒缓、消解你的忧烦……

伸出一只手,手掌焕然一新,
潜在的雷霆既寒冷又温馨,

温存而娇纵……好啊!快看!
珍珠一般你从深渊里涌现!

"你要出去!"第一句话:"好吧!"
珠贝承受苦难,乳房膨胀增大。

哦,敞开门吧,敞开门!
母亲的每次尝试都有分寸……

既然你已经解除了囚禁,
那就把整个海洋尽情畅饮!

珠贝的隐秘穹隆,乳房膨胀增大,吐露珠子时的微微翕张……一般写蚌蛤结疴而衔珠都注重外形,注重写贝的精致、珠的圆润,而茨维塔耶娃用心疼的爱,写出了孕育的动态过程中那份呵护与滋养,那份温存与娇纵,真令人称绝。她是用痛苦与不幸结晶升华出她的诗。

中文读者都很熟悉《三诗人书简》。两位伟大诗人,里尔克与帕斯捷尔纳克,跟茨维塔耶娃曾经有过爱情的对话。1926年,五十一岁的里尔克临死的那年,三十四岁的茨维塔耶娃经过帕斯捷尔纳克的转介,跟里尔克通信,以狂热的崇拜与爱。里尔克也喜欢她,但一直到死也未曾谋面。而在此之前,帕斯捷尔纳克就已经热爱茨维塔耶娃了,而且维系了一生。那种精神之爱一直为人们所珍视。

茨维塔耶娃一生恋爱无数,这属于非常特殊、非常强烈的精神现象。关于茨维塔耶娃的情感方程式,我觉得没有比爱伦堡在1956年为她的诗选所写的序中说得更准确了:

"在她一生中醒悟和错误交织在一起。她写道:'我生活中的一切事物我都喜爱,并且是以永别而不是相会,是以决裂而不是结合来爱的。'

她很多东西都爱,恰恰因为'不允许'。她不是同她的邻座一起鼓掌,而是一个人看着徐徐下落的帷幕,在戏进行时离开观众厅,在空寂的走廊里哭泣。她的所有爱好和迷恋的逸事是一张长长的决裂的清单。"

她的丈夫谢尔盖·艾伏隆也对茨维塔耶娃的性格进行过无情的透析:"玛丽娜是极易动情的人……没头没脑地投入感情风暴成为她的绝对需要,她生活的空气。至于由谁煽起感情风暴此时并不重要。几乎永远……建立在自我欺骗的基础上。情人一经虚构出来,立即刮起感情风暴。如果煽起感情风暴的那个人是个微不足道的人,目光短浅的人,很快便会现出原形,玛丽娜便又陷入绝望的风暴……一切都将心平气和地、精确地化为诗句。一个硕大无朋的火炉,要点着它需要劈柴、劈柴、劈柴。无用的灰烬抛掉,而劈柴的质量并不那么重要。只要通风好,总能燃烧起来。劈柴坏,烧完得快,劈柴好,烧得长久……"

茨维塔耶娃的一生就是一连串绝望的风暴,但艾伏隆说得好:"一切都将心平气和地、精确地化为诗句。"这就涉及茨维塔耶娃诗学的核心了。茨维塔耶娃讲过:任何一个诗人本质上都是一个流亡者,异乡人,因为诗人总是要用自己最熟悉的词干一些最陌生的活。这活儿是什么呢?手工艺活。茨维塔耶娃将自己的一部诗集命名为《手艺集》,她说:"我知道维纳斯心灵手巧/作为手艺人我懂得手艺。"是的,写诗本身首先是一种手艺活儿。"诗,不管说得多崇高,多神秘,多玄,最后还是一件技术活,是怎么锯、刨、削、凿、钉的功夫。""如今有许多诗人真好比拙劣的木匠,连做一只凳子都四脚摆不平,如何写得了有机的诗?"几年前我也曾说过这样的话。现在读了茨维塔耶娃,更坚信诗是手艺活乃是诗中老斫轮手的经验之谈。

手艺的结果就是一个个静态的文本,哪怕其中包含着白炽的情感。阿赫玛托娃这样说茨维塔耶娃:"玛丽娜的诗常常是从高音 C 开始的。"但是,一般都处在高音区的茨维塔耶娃的诗,永远不会失去平衡而垮掉,相反,她的稠密的字句、饱满的意象、斩绝的口吻,总是被精心组织在别致的形式中。爱伦堡还是说得到位:"她为俄罗斯诗歌增添了很多新的东西:犹如水面上抛掷一块小石子而泛起的一圈又一圈涟漪,一个词产生的坚实的一系列形象;对遣词造句的异常敏锐的感受;传达心脏加速跳动的急骤的韵律;宛如螺旋一般的诗歌的结构……"对于一个诗人来说最重要的是节奏感和结构感,T. S. 艾略特不是这样说的么?茨维塔耶娃这两种感觉都极其出色。

当然,由不懂俄语的我来谈论这样具体的诗艺问题,是过于大胆了,但是谷羽先生值得信赖的翻译使我有了几分把握说这些话。谷羽先生多年来坚持以诗译诗,而且以格律诗译格律诗,尽力接近原作风格,再现原作神采。他的这个译本,是在翻译了三卷八十多万字的《玛丽娜·茨维塔耶娃:生活与创作》之后,精心挑选并重加润色而成的。其中曲折甘苦,译者曾一一道来:

"译茨维塔耶娃的诗难度很大,难在诗人的语言独特,诗人喜爱跳跃、省略、断续、撕裂的抒情方式,还特别爱用破折号,前面是'他',后面是'她',中间一个破折号,省略的是动词,可以理解为他亲吻她,他拥抱她,他欺负她,处理起来很难,必须依据上下文进行判断,无疑增加了翻译的难度。诗人还爱用谐音词押韵,她说:'诗歌:词语的谐音。'比如一首诗的标题为:Мука и мука,两个俄文词字母完全相同,区别仅在于重音,重音在后意为'面粉',重音在前意为'痛苦',若直译为'面粉与痛苦',则不能反映原作两词谐音的特点,几经推敲翻译成'磨面与磨难',略微接近原作的音韵特色。"

这是 2012 年在杭州运河拱宸桥边举行的"致一百年以后的你——纪念茨维塔耶娃诞生 120 周年"晚会上,谷羽先生说的一番话。白发萧然而步履健如的他,与我这个后生晚辈言谈甚欢。相处的几天里,我们讨论了一些将西方格律诗翻译成中文的技术性问题。有两点最为关键：以中文的"顿"对应西语"音步"的方法，可以再现原作诗行的节奏感；韵脚安排力求接近原作的韵式，可以再现原作诗式的结构感。有了这两点，再加上翻译时冥搜苦求与原文最为对应的中文字眼，甚至连谐音都尽可能复制过来，这个译本，当然可以视为茨维塔耶娃在中文里的转生。

2013 年 3 月 28 日

爱情篇　我们俩拥有同一个摇篮

1912年1月,十九岁的茨维塔耶娃和十八岁的艾伏隆结婚。茨维塔耶娃爱艾伏隆英俊漂亮,有贵族气质,骑士风度;艾伏隆爱茨维塔耶娃活泼外向,诗才出众。茨维塔耶娃爱丈夫,爱得真诚,但不专一,爱得长久,但不稳定。艾伏隆对妻子的态度概括为四个字:爱、怕、忍、躲。他们俩一起生活了三十年,侨居国外十七年,虽然有几年离别,也产生过分歧、矛盾,甚至一度要分手离婚,但最终做到了不离不弃,因为他们拥有同一个摇篮,有爱的结晶——子女。茨维塔耶娃为谢尔盖·艾伏隆写过很多诗,尤其在夫妻离别的岁月里,她所写的爱情诗,激情澎湃,语言热烈,构思不俗,风格独特。这里选译了其中的二十三首。

给谢·艾

我写,写在青青的石板,
写在已经褪了色的扇面,
写在溪流两岸和大海边的沙滩,
写在冰面用冰刀,写在玻璃用戒钻,

还写在历经千百个隆冬的树干,
最后为了让人人知晓众口相传:
你可爱!可爱!可爱!可爱!
我要用七彩长虹写在蓝天!

我多么希望每个人都如花开放,
伸手可以触摸!永远把我陪伴!
可后来我把名字一一勾掉,
低下头来,前额抵着书案……

不过你,被我这出卖心血的文人
紧紧握在手里!你让我心神不安!
我不会出卖你!在指环里面,
如碑文石刻你永世得以保全!

1920年5月18日

【题解】这是茨维塔耶娃写给丈夫谢尔盖·艾伏隆(1893—1941)的一首诗,曾反复修改。她出国为寻找丈夫,回国也是为跟丈夫团聚。1940年她在莫斯科曾编了一本自选诗集,希望在苏联出版,她把这首诗放在诗集最前面,列为开篇之作,足见其重视与珍惜。可惜诗集未能通过审查,无缘面世。

给谢·艾

我挑衅性地戴上他的戒指,
对,永远做妻子,信守纸上诺言!
他的脸又长又窄——窄得出奇,
恰似一柄利剑。

他默默无语嘴角微微向下弯,
两条眉毛流露出痛苦与英武之气。
两个古老血统在他脸上
悲剧性地合二为一。

他比最纤细的树枝还要纤细。
他的眼睛闪着漂亮而无助的光!
在翅膀似的眉毛下面
像两潭深水一样。

我将忠实于他的骑士风度。
你们,面对生死毫不畏惧!
这样的人——在严酷年代,
走向断头台将吟诵诗句。

> 1914年6月3日
> 科克捷别里

【题解】1911年5月,玛丽娜·茨维塔耶娃在科克捷别里邂逅谢尔盖·艾伏隆,两人一见钟情。转年1月27日结婚,互赠戒指。谢尔盖的母亲伊·彼·杜尔诺沃出身于俄罗斯贵族家庭,父亲雅·康·艾伏隆是犹太人。这是"两个古老血统""合二为一"的来历。谢尔盖·艾伏隆以后成了白军军官,白军失败后他流亡国外。在这首诗中,茨维塔耶娃不仅赞美丈夫的英俊,更欣赏他的骑士风度,预见到他"面对生死毫不畏惧","在严酷年代,走向断头台将吟诵诗句"。

我要从所有的土地……

我要从所有的土地,所有的天空争夺你,
因为我的摇篮是森林,森林也是坟墓,
因为我在大地上——只用一条腿站立,
因为我歌唱你,没有人比我更情感专注。

我要从所有的季节,所有的黑夜争夺你,
从所有金色旗帜下,从剑雨枪林中夺取,
我要抛弃钥匙,从台阶上把猎犬都轰走,
因为在大地的黑夜里我比猎犬更忠实。

我要从所有人,从那个女人身边争夺你,
你不随便结婚做新郎,我不出嫁为人妻,
不要出声!我从跟雅各角力的那人身边
争夺你,经过最后的争辩、最后的努力。

趁着我尚未把你的双手交叉放在胸前——
哦,真该诅咒!——你留在自己房间里。
你的两个翅膀震颤,已指向浩瀚的太空——
因为世界是你的摇篮,世界也是墓地!

1916年8月15日

【题解】因爱而追求,由追求变为追逼、追捕,诗句强悍、霸道,不达目的,誓不甘休。这跟女性的温柔、贤惠、包容,适成反差,毫无相似之处。追求者把爱与追求视为占有,完全不考虑被爱者的感受,爱得偏执而狂热,这种爱只能导致悲剧。雅各,是《圣经》中的人物。"跟雅各角力的那人"暗示上帝。这意味着为了追求心上人,不惜与上帝抗争。按照俄罗斯风俗,人死之后,把"双手交叉放在胸前"。这首诗是茨维塔耶娃最有气势,风格最鲜明的作品之一。俄罗斯诗人丘特切夫(1803—1873)写出过著名诗句"爱情就是决斗!",茨维塔耶娃以自己的方式对此进行了诠释。

圣母怀抱着她的圣婴……

圣母怀抱着她的圣婴,
七把剑刺透了她的心。
七七四十九把利剑,
刺透了我的心。
我不知道他是死是活,
那个人比心更珍贵,
那个人比儿子还要亲……

我唱这支歌自我安慰。
遇见他替我问候一声。

1918 年 5 月 25 日

【题解】那个比心更珍贵,比儿子还要亲的人是茨维塔耶娃的丈夫艾伏隆。5 月 12 日,他从诺沃切尔卡斯克给沃洛申和他母亲写了一封信:"亲爱的老祖和马克斯,我刚从集团军回来,跟随集团军完成了一次离奇的千里行军。我还活着,竟然没有受伤,这种幸运难以置信,因为科尔尼洛夫部队的中坚力量差不多已经损失殆尽……活下来的人不到十分之一,我跟这些残余部队从罗斯托夫突围出来……不过,关于行军的事以后再说。现在最想说的是莫斯科。我跟玛丽娜和两个姐姐失去了一切联系……"

夜晚没有心上人陪伴……

夜晚没有心上人陪伴,夜晚
陪着不爱的人,还有明亮的星
在热昏的头顶上空,还有双手,
洗干净的双手伸向书卷——
不曾有的人,总也不会来,
不能来的人,应该出现。

孩子的眼泪为英雄流淌,
英雄为可怜的儿童落泪,
石头大山压在人的胸口——
那个人一定会下坠……

我知道过去,了解未来,
我知道所有不出声的秘密,

我知道人们笨拙的舌头上
所谓生活——是什么东西。

1918年6月30日—7月6日

【题解】诗中的"心上人"和"英雄",暗指失去音信的丈夫艾伏隆。诗人有一种急切的期盼,渴望预见一切。后来她把这种复杂的心绪概括为一句话:"我渴望一步踏上千万条道路!"这种心情化为了诗句:"我知道过去,了解未来/ 我知道所有不出声的秘密。"二十年后,茨维塔耶娃重读这首诗,写下了这样的笔记:"走路时冒出个念头,心里无比轻松,我发觉:万物是为了众人创造的,我终于说出了这句话,除了此刻的感觉仿佛从来没有过的感觉。这感觉却导致迷误。"

我是你笔下的一页稿纸……

我是你笔下的一页稿纸,
一切都接受。我是白纸一张。
我尽心尽力保存你的善良,
使它增长并百倍地加以报偿。

我是乡村,是黑土地,
你是我的雨露和阳光。
你是我的神明,我的上帝!
我是黑土地,是白纸一张!

1918 年 7 月 10 日

【题解】这是茨维塔耶娃另一首杰作。八行短诗的结构基于强烈对比:"我"是稿纸,是乡村,是黑土地;"你"是雨露,是阳光,是神明。"我"低低在下,"你"高高在上。"我"位置固定,"你"时时变动。从当时的处境分析,该是写给艾伏隆的。不过,到了1939年,诗人说这首诗是献给上帝的。她还说,黑土和白纸是卑微的,却也是万能的。

恰似一左一右两条胳膊……

恰似一左一右两条胳膊,
我和你两颗心紧紧相贴。

我们相濡以沫温馨欢畅,
宛如一左一右两只翅膀。

不料狂风骤起,一道深渊
突然出现在左右两翼之间!

1918 年 7 月 10 日

【题解】诗人了解爱情所有的阴暗面与全部的光明,今天一见钟情,明天各奔东西,这并非个人的意愿,往往是命运的捉弄。茨维塔耶娃在 1939 年一则笔记中写道,这首诗是她早期的优秀作品之一。

豪迈气概已经冻结……

豪迈气概已经冻结。
天气寒冷我也寒冷。
你好,白茫茫的旷原,
你好,英雄似的隆冬!

心爱的朋友,白雪骑士,
如今我是前额顶着风寒。
在这艰难的一九一八年
我是头一次歌唱冬天。

1918 年 10 月 23 日

【题解】1918 年 1 月谢尔盖·艾伏隆从科克捷别里偷偷回到莫斯科,在家里住了几天,1 月 18 日又悄悄离开,从此就再也没有消息。茨维塔耶娃写这首诗的时候,第一次独自带着两个孩子艰难地度过冬天。想到她的"白雪骑士"远在"白茫茫的旷原",自然会"冬天寒冷我也寒冷",原有的壮志豪情都难免化为冷彻骨髓的冰凌。

我把这本书托付给风……

我把这本书托付给风,
托付给飞行的大雁。
我曾扯破嗓子喊叫离别,
那是很久很久以前。

我把这本书投入战争的风暴,
像漂流瓶随着海浪漂流,
像节日的蜡烛,随意传递,
从这一只手到那一只手。

风啊,风啊,忠实的证人,
请把这本书带到亲人身边,
每夜做梦都长途跋涉,

一条路——从北向南。

1920年2月
莫斯科

【题解】丈夫不在身边,茨维塔耶娃感觉自己非常孤单,似乎已被人抛弃,围绕在四周的全是冷漠,只有在笔记本上才能得到拯救,她把内心的痛苦向白纸倾诉,这些笔记本依然给她希望,相信丈夫还活在人间,活在南方,因此她做梦会长途跋涉,由北向南。

给谢·艾

没有光,没有粮,没有水,
经历了种种磨难与坎坷,
上帝看到我的勤奋劳作,
才会提携我到天上去生活。

我坐着,喜欢这样幻想——
从早晨起没有一块面包皮,
我的战士呀!或许,我
彻底屈服,才能够拯救你。

1920年5月16日

【题解】这首诗一方面写现实的艰难处境:没有光,没有粮,没有水,一方面写诗人幻想,写自己彻底向现实屈服,或许能够拯救丈夫,这无疑也是一场白日梦。

人间的名字

水杯在灼热干渴的时候呼唤:
"给我水!不然我会渴死!"
在炎热中抱怨,软弱无力——
固执——如诉如泣——

我一再重复——越来越严厉,
重复了一次又一次——
黑暗中想睡却怎么也睡不着,
总有种莫名的恐惧。

似乎由于连续不断的惊恐,
荒芜了催眠的草地!
一再恳求——无意识地重复——
像婴儿初次牙牙学语……

仿佛有一条皮带勒住了脖子——
喉咙里快要窒息……
但愿这时能听见人间的名字，
悲剧并非由它引起。

1920年6月16—25日

【题解】这首诗写于1920年，二十年后，到了1940年10月，茨维塔耶娃在莫斯科处境艰难的情况下，对它又进行了修订。最后四行诗，原来意思较为模糊，但在具体情境中，其含义就变得清晰多了。人间的名字，让诗人对人间还有所依恋的、唯一的名字，就是刻在指环里的名字，就是谢尔盖·艾伏隆。她的丈夫被关在监狱。1940年12月，她给监狱中的丈夫送去了过冬的棉衣，此后就断绝了信息。这对夫妻生日相同，都是9月26日出生，两个人都死于1941年，一个投缳自尽，一个惨遭枪毙。命运凄惨，令人唏嘘。

我瞅着黑眼睛的你——离别！……

我瞅着黑眼睛的你——离别！
高个子——离别！孤独——离别！
面带微笑,目光如刀锋——离别！
完全不像我的笑容——离别！

跟很多早年丧母的孩子一样,
你像母亲也像我——离别！
你突然出门成了过路的行人,
你是安娜守着睡觉的谢廖沙——离别！

意想不到——家里闯进来个人,
黄眼睛的茨冈女人——离别！
摩尔多瓦女人,不敲门——离别！
暴风猛烈刮得我们冷彻骨髓——离别！

你燃烧,呼叫,跺脚,吹口哨,
你哭嚎,咆哮,像撕碎的丝绸,
像灰狼——离别!顾不上祖孙——离别!
像飞鸟——离别!像草原母马——离别!

你可是拉辛的后代——宽肩膀,红头发?
我看见你成了杀人的凶手——离别!……

现在玛丽娜呼唤你的名字——离别!

1920 年 7 月末

【题解】1920 年夏天茨维塔耶娃的诗歌作品包含着紧张而富有戏剧性的内心感受。这首诗不指名地描写她的丈夫艾伏隆,他已经一年多没有消息。离别,像一支支利箭刺痛诗人的心。十九行诗,"离别"一词出现了十八次,那是诗人痛苦的呼唤,是抱怨,甚至是凄厉的惨叫。她为丈夫的命运担忧,害怕丈夫成为"杀人的凶手",更害怕他遭到残杀。茨维塔耶娃十四岁时失去了母亲,艾伏隆母亲去世时,他也还是个少年。诗中的拉辛,指斯杰潘·拉辛(1630—1671),俄罗斯农民起义领袖。

别的人有明眸……

别的人有明眸,鲜亮面颊,
我却在夜晚跟风对话。
不是微微吹拂的
意大利的风,
而是强劲的、
有穿透力的俄罗斯雄风!

别的人凭借肉体进行诱惑,
贴着干燥的嘴唇呼吸……
而我却伸展双臂,呆若木鸡!
让俄罗斯强劲的风吹进心里!

别的人摆脱不了温柔的羁绊!
不,风神待我们很苛刻。

"大概只有家,难舍难离!"
我不是女人,似乎千真万确!

1920 年 8 月 2 日

【题解】这首诗表现了爱情的饥饿感,抒情主人公渴望与相爱的人窃窃私语,拥抱亲吻,但身边没有人,有的只是夜晚的风。加之风神对她的态度很苛刻。她觉得自己失去了女性的温柔,变得像男人一样坚强。创作这首诗的时候,茨维塔耶娃正在写长诗《少女王》,其中塑造了一个神话般的少女:一个强有力的女人,一个勇士般的女人。这首抒情诗与长诗《少女王》之间显然有某种内在的联系。

看不见、听不见的朋友……

把灯吹灭吧！陪伴你的是
看不见、听不见的朋友。
我熟悉心灵的监狱城堡，
我知道所有通道与出口。

所有的警卫都头戴玫瑰，
变成了有眼无珠的一群！
因为女人让人变得盲目，
我看得清楚，我是盲人。

闭上眼睛，请不要挣脱
被握紧的手。门闩脱落。
那不是乌云，不是晚霞，
等待骑手的是我的骏马！

我就是你的盾牌和勇气,
我就是你往日的激情!
如果你感到头脑眩晕,
请抬头仰望空中的星星!

1920 年 8 月

【题解】这首爱情诗,主动追求的是女性,而非男人,抒情女主人公以灵魂的化身——普叙赫的面目出现,不过与传统神话不同,她在漆黑的深夜降临,手里没有举着明亮的灯,因为她跟心上人相会,并不需要灯光。

在我的躯体里有军官的耿直……

在我的躯体里有军官的耿直,
在我的肋骨上有军官的荣誉。
我还像士兵吃苦耐劳,
对千难万险从不畏惧!

我迈出的步伐如此坚定,
因为经受过枪托与钢铁的锤炼。
契尔克斯人挺直腰板,扎紧皮带,
绝非偶然,绝非偶然!

你是我的亲爹! 我期待喜讯,
最好能攻破天堂之门!
宽阔的肩膀仿佛更加有力——
不怕背着背包长途行军。

一切皆有可能,有个发了疯的伤兵
有一天在摇篮旁边冲我唱歌……
就从那时候起,我念念不忘:
发誓要好好活着!

我的心飞翔在俄罗斯联邦上空
苦苦追问,这个家你还管不管!
在十月濒临死亡的日子里,
仿佛我自己当上了军官。

1920 年 9 月

【题解】据茨维塔耶娃回忆,1920 年秋天写的几首诗,她曾几次在莫斯科朗诵,并"屡屡获得成功",人们说她在赞美"红军军官",其实跟她写作的本意正好相反。"我的心飞在俄罗斯联邦上空／苦苦追问,这个家你还管不管!"她所追问的那个人是白军军官艾伏隆。丈夫杳无音信,诗人凭借记忆的力量,爱情的力量,思念亲人,常常想象自己成了军官。诗中的"契尔克斯人"为居住在高加索山区的少数民族,以英勇善战著称。

阵亡的军人——撤退的军人……

阵亡的军人——撤退的军人——
转移到高山营地的军人,
进入雪白的大雁营——
鸽子营——天鹅营——

我的高山啊,我说的是你呀,——
快给我个信息!

稚嫩的橡树林,向天空生长,——
尚未成熟的树林,思念牺牲的军人,
难以复活的军人,——
永远长眠的军人——

我们的荣耀,我在呼唤你呀,——

快给我传递消息!

每天晚上,每天晚上,
我都伸开手臂迎接你。
在那里,广阔的深山老林——
有多少我亲爱的兄弟!

我滞留在红色的俄罗斯——
你快来带我出去!

1920年10月

【题解】茨维塔耶娃为丈夫的命运担忧,害怕他受伤、死亡。她盼望艾伏隆还活在人间,能把她带走,脱离红色的俄罗斯。

我将追问河面宽阔的顿河水……

我将追问河面宽阔的顿河水,
我将追问土耳其海域的海水,
我将追问照耀他们战斗的黑太阳,
呼啸的高山,那里饱餐后的乌鸦在昏睡。

顿河水告诉我:没看见那些晒黑的人!
海水告诉我:流干所有的泪水还想哭!
太阳落进了魔掌,一只乌鸦嘎嘎叫:
活了三百岁,我没见过更白的尸骨!

我想变成仙鹤飞向高加索山区营地:
一片哭声!我问路上尘土:曾经送行!
茅草在身后招手,曾抚摸军人的帽缨。
彼列科普山冈上一片血红,一片血红!

见人就问,问凶险岁月绕世界漂泊的人,
问围着枪炮打转的人。
石头坟墓里的天灵盖,也躲不过我的追问。
征战的白军,你们找到了撰写编年史的人。

> 1920年11月

【题解】希望之后是惆怅,茨维塔耶娃在这样的时刻写出了哭诉的诗行,诗人为她丈夫及其战友们哭泣。她想成为替白军"撰写编年史的人"。茨维塔耶娃没有写成什么编年史。但这首诗表明,她并不掩饰自己站在注定溃败的志愿军一边,站在"注定毁灭的阵营"一边,她坦然接受命运给予的苦难。

爱情！爱情！……

爱情！爱情！即便浑身痉挛，躺进棺木，
我依然追求、迷恋、害羞、冲动。
哦，温馨的爱情！——我和你永不分离，
无论在云端，还是在坟茔。

爱情给我一双美丽的翅膀，
绝非让我的心感受沉重。
我不想再增加可怜的群盲，
胆小如鼠，从来不敢出声。

不，我要舒展双臂！一挥手
揭开蒙殓布，腰身富有弹性！
我战胜死神！踏遍千里雪原，
让茫茫林海燃烧，烈火熊熊！

倘若收缩双肩、翅膀、膝盖,
任由爱情把我的遗体运往坟场——
我还要——面对腐朽开怀大笑,
凭借诗歌复活,像玫瑰花丛怒放!

1920年11月28日前后

【题解】爱情与死亡,向来是茨维塔耶娃重视的主题,这首诗描绘了不肯向死亡屈服的人类之爱。诗人以战斗姿态,维护爱情的权利,她蔑视"胆小如鼠"的怯懦,公然向死亡宣战,即便"遗体运往坟场","我还要——面对腐朽开怀大笑/ 凭借诗歌复活,像玫瑰花丛怒放!"气势恢宏,语言具有穿透力,再次展现了诗人独特的个性。

哦,八面来风!……

哦,八面来风!
荷花晃动!
戈奥尔吉——胆怯,
戈奥尔吉——温情……
特大的明眸——
又圆又湿润,
既严肃,又像孩子般天真。

身穿破烂衣裳,
目光极其悲痛。
手中那支标枪
显得无比沉重。

不是那个身材最高的、

傲慢冷笑的戈奥尔吉:
是最温和的戈奥尔吉,
是最安稳的戈奥尔吉,

我彻夜的烛光——最痛苦的戈奥尔吉,
一双鹿的眼睛——最温存的戈奥尔吉!

(雄鹿对成群猎犬的追逐
给予原谅。)
圣戈奥尔吉节的钟声
已经敲响。

哦,我的荷花!
我的天鹅!
天鹅! 我的雄鹿!
你——是我的祈祷,
你是我永久的梦想!

是我复活节唱的歌!
是我最后一枚铜币!
你更高,胜过我的沙皇,

你更亲,胜过我的娇儿!

我碧蓝的眼睛——
仰望高空!
你,携带放荡的妻子
再一次飞腾。

"你听!……"

1921 年 7 月 14 日

【题解】戈奥尔吉(西方称为乔治)是基督教圣徒,6 月 5 日为圣戈奥尔吉节。在俄罗斯双头鹰国徽中,有圣戈奥尔吉身披黄色斗篷、骑白马,手执标枪,战胜黑龙的图像。茨维塔耶娃创作了包含七首诗的组诗《戈奥尔吉》,献给丈夫谢尔盖·艾伏隆。这一首是第七首。诗人把她丈夫描绘成圣戈奥尔吉,把一个征服者写成了蒙难者,写他的英俊、忧愁、孤独、温和。诗人倾心刻画的是她心目中的戈奥尔吉,抒发的是个人的爱情与梦想。诗人格外喜欢圣徒戈奥尔吉,1925 年 2 月 1 日她的儿子出生,就起名叫戈奥尔吉,小名穆尔。茨维塔耶娃传记作者安娜·萨基扬茨把《哦,八面来风!……》这首诗列为她最喜欢的茨维塔耶娃五首诗的第一首。据安娜·萨基扬茨说,这首诗没有写完,原因是茨维塔耶娃接到了失散四年之久的丈夫的来信,意外的惊喜打断了她的思路。她不再往下写,而是立刻创作了另一首平生最亢奋、最激动的诗《活着并且健康!……》。

活着并且健康!……

活着并且健康!
比雷声还响亮——
像利斧劈柴——
欢畅!

不,说什么斧子,
是大吃一惊!
这实实在在——
万幸!

呆立,惊讶。
是什么巧遇
帮助他脱离了——
险境?

从脚跟
到头顶
汗毛倒竖——
惶恐。

原来他还活着!
闭上眼睛,呼唤——
你可听得见
呼声?

死而复生?!
急促喘息,
悬空的石头——
落地。

砸在头上?
不,砸断剑柄,
躲过凶险劫难——
高兴!

　　　　　1921年7月14日

【题解】伊·戈·爱伦堡(1893—1967)没有辜负茨维塔耶娃的嘱托与期望,他在国外找到了艾伏隆,把茨维塔耶娃的书信交给了他,并把他的回信带给了茨维塔耶娃,帮助他们夫妻重新取得了联系。接到丈夫来信,大喜过望的茨维塔耶娃在笔记本里写了这样两句话:"生活——从今天开始。像第一次活着一样。"她给丈夫写信说:"我的谢廖任卡!感受巨大的幸福而不窒息,起码说心要像石头一样。刚刚收到您的信:我都惊呆了……真不知道从何说起。我知道从哪儿做起,就知道将来的结果:那就是我对您的爱……"丈夫的回信带来意想不到的惊喜,进而产生了组诗,歌唱"福音":"高空的云雀告诉我/你在海外/不在云外!"欢乐如此强烈有力,以致像刀砍斧削一样痛快。《活着并且健康!……》是茨维塔耶娃平生创作最兴奋、最欢快的一首诗!它使人联想到杜甫的平生第一快诗:"剑外忽传收蓟北,初闻涕泪满衣裳。却看妻子愁何在,漫卷诗书喜欲狂,白日放歌须纵酒,青春做伴好还乡……"两首诗都表达了兴奋喜悦之情,但喜悦的原因判然有别:杜甫高兴的是终于有机会返回家乡了,而茨维塔耶娃高兴的却是有望出国跟丈夫团聚。

给谢·艾

如同顿河的那些战斗,
点点滴滴都牢记心间,
你在海外的城市漂泊,
我一直都在把你思念。

我从墙上摘下了神龛,
不得不贴上去一张纸。
所有的东西都能买卖,
不能买卖的只有记忆。

在辽阔的绿色松林里
找不到那样笔直的云杉。
就因为我和你是夫妻——
我们俩共有同一个摇篮。

并非为了一千种遭遇,
唯一的命运让我俩出生。
手掌与面包距离很近,
注定了我跟你必定相逢……

火灾和洪水都带不走
那枚有红桃心形的戒指!——
夜深人静的不眠时刻,
手扶前额反复想念着你。

我决不可能成为寡妇,
因为承受了太多苦难……
亲密的关系牢不可破:
因为拥有同一个摇篮。

要知道心里有一块表,
不生锈的表能准时报点。
要知道在红色俄罗斯,
仍然是专制独裁的政权!

纵然这世界走向末日,
我虔诚祈祷通宵达旦!
我愿意陪你走向高墙,
胜过陪别人走向桂冠。

亲爱的小弟弟,回来吧!
别灰心,你能给我欢乐!
同一个摇篮两个人共有:
愿石头般双双沉入黑夜。

1921 年 12 月 13 日

【题解】写这首诗的时候,茨维塔耶娃已经知道丈夫的下落。诗中的女主人公高尚、有力,忠实于亲人,忠实于理想。字里行间回荡着生死不渝的誓言,而且坚信能够跟丈夫团聚。支撑她的信念是夫妻"关系牢不可破:因为拥有同一个摇篮"。令人惊讶的是有些诗行带有预言性质:"我愿意陪你走向高墙","愿石头般双双沉入黑夜",一语成谶,不幸而言中。1939 年 6 月茨维塔耶娃回到俄罗斯,两个半月后,女儿和丈夫相继被捕,被关进了"高墙"围拢的监狱。1941 年她自杀身亡,艾伏隆惨遭枪决,死在同一年,双双沉入了黑夜。

给谢·艾

离别岁月人变得丑陋，
你可别嫌弃我双手粗糙，
手掌磨出了厚厚的老茧，
为柴米油盐张罗操劳。

爱情不因重逢而打扮。
我使用俚语你别见怪——
这语言不愧战火的年鉴，
疏忽的地方你也要担待。

失望？说吧，不要害怕！
讲出来能消除情感障碍。
把抛锚与希望混为一谈，
将是无可挽回的伤害。

1922年1月23日

【题解】茨维塔耶娃这首写给丈夫艾伏隆的诗,交织着期盼与忧虑。她渴望与亲人重逢团聚,却又有几分担心,怕自己容貌变丑了,双手粗糙了,丈夫嫌弃。但是她坚信,爱情经得起艰难与战火的考验,只要坦诚相见,亲切交谈,一切情感障碍都会消除。

曾几何时,向同龄人发誓……

曾几何时,向同龄人发誓
(我头发闪亮,心跳加剧!)
发誓说——我永不衰老,
哎,当年誓言已忘记。

千万别相信故乡的雪——
………………………………
那个人却向神灵招手,
神仙界没有衰老与白头……

………………………………
…………衰弱无力,
我愿意歌唱——银子,
它使我滋生满头银丝。

1940 年 12 月

【题解】这是茨维塔耶娃写给丈夫的最后一首诗。诗中的同龄人指谢尔盖·艾伏隆。1940年11月她得到消息,女儿阿莉娅将被判处流放。她给女儿准备保暖的衣物。随后得知艾伏隆也可能被流放到外地,也给丈夫往监狱里送去了过冬的衣服。从此就中断了一切消息。这首残缺的诗稿透露了诗人当时心境的悲凉。

恋情篇　我是大海瞬息万变的浪花！

有人说，茨维塔耶娃"丈夫只有一个，情人遍地开花"。诗人并不忌讳这一点，她承认自己："是大海瞬息万变的浪花！"她说过："我能够同时跟十个人保持关系（良好的'关系'！），发自内心地对每个人说，他是我唯一钟爱的人。"她有同性恋女友，爱老年人，爱同龄人，更喜欢爱比她年轻的人。情人当中有演员、画家、编辑、大学生、评论家、作家，但更多的是诗人，其中最著名的是帕斯捷尔纳克和里尔克，三个诗人之间的通信成了诗坛佳话。她跟罗泽维奇的恋爱痴迷而疯狂。值得指出的是，很多时候她跟心目中的恋人并未见面，只是情书来往，可谓纸上风流。恋爱经历都成了她创作诗歌的素材。欧洲很多大诗人，情感丰富，极其浪漫，歌德、普希金都有很多情人，他们的浪漫史为后世读者津津乐道。因此，茨维塔耶娃的情诗也会拥有自己的读者。这里选译了她四十七首恋情诗供读者欣赏。

你走起路来姿势像我……

你走起路来姿势像我,
总是低低地垂着眼睛,
我从前走路也是这样,
过路人啊,请停一停!

请你先把碑文读一读,
再采一把罂粟作表赠,
你该知道我叫玛丽娜,
生前我活了多大年龄。

别以为这里是座坟茔,
我一出现就叫你惊恐……
这辈子我爱开怀大笑,
不知道有时应该庄重。

我的血液曾流贯肌肤,
我的卷发曾柔软蓬松……
我也曾是活生生的人,
过路人啊,请停一停!

请先替自己折根草茎,
再把野浆果摘采一捧,
墓地的草莓最为鲜美,
香甜可口,硕大无朋。

只是你不要凄然伫立,
别头颅低垂贴近前胸,
你要轻轻地把我想象。
忘却我时也应该轻松。

仿佛有阳光把你照耀,
金色的尘埃把你围拢,
我的声音从地下传来,
但愿你不致太过吃惊。

1913年5月3日
科克捷别里

【题解】这是茨维塔耶娃早期诗歌的名篇之一,作品的奇特之处在于抒情女主人公以死亡少女的面目出现,她向一个陌生的过路人表白情感,再次展现了爱与死的主题。作品结构严谨,诗句流畅,音韵和谐,朗朗上口,因而世代流传,受到广大读者喜爱。

疯狂——也是理智……

疯狂——也是理智,
耻辱——也是荣誉,
那引起思考的一切,
在我身上绰绰有余——

所有灼人的情欲
汇合为一!——
我头发的色彩变幻
引发战乱不已。

我熟悉所有爱的絮语,
"哎呀,倒背如流!"
"我二十二岁的经验——
是持续不断的忧愁!"

可我的脸红得清纯。
"什么话都不用讲!"
我是艺人中的艺人,
拿手好戏是撒谎。

撒谎如同连珠炮,
"不料,又被擒获!"
我的曾祖母是波兰人,
我身上流淌着她的血。

我爱撒谎是因为
坟头上总长青草。
我爱撒谎是因为
墓地里常刮风暴……

因为提琴,因为汽车,
因为丝绸,因为火……
并非所有的人都爱我,
这让我受折磨!

我痛苦是因为我不是
新郎身边的新娘。
我痛苦是源于体态,
我痛苦是为了诗行。

为了脖子上柔软的围巾……
我怎么能够不撒谎——
既然我撒谎的时候,
声音柔媚,举世无双!

1915年1月3日

【题解】这首诗和女诗人索菲娅·雅可甫列夫娜·帕尔诺克(1885—1933)有关。帕尔诺克比茨维塔耶娃大七岁,是个女同性恋者,她施展"魔法",诱惑年轻的诗人爱上了她。这种关系让茨维塔耶娃既兴奋又羞惭,面对丈夫和家庭,不得不连续撒谎。"所有灼人的情欲","持续不断的忧愁",类似诗句表明她内心的矛盾与挣扎,她的强烈感受用八个字概括就是"无所适从,几近疯狂"。她丈夫谢尔盖·艾伏隆发现了她跟帕尔诺克的隐情,既爱她,又怕她,没有别的办法,只好躲避。

有些名字……

有些名字仿佛鲜花般芬芳,
有些眼神像火焰燃烧一样……
有些嘴唇发黑,曲曲弯弯,
像涂抹了一层潮湿的煤炭。

有些女人头发与钢盔相似。
她们的扇子散发死亡气息。
她们年过三十。请问,为什么——
你说,我的灵魂该像斯巴达克?!

1915 年复活节

【题解】茨维塔耶娃曾为帕尔诺克创作了题为《女友》的组诗,这是其中的第十三首。她们的关系从 1914 年 10 月到 1915 年 6 月延续了九个月,写这首的时候,诗人对这位女友已心生厌倦,因而才会在诗中描写那"女人头发与钢盔相似","她们的扇子散发死亡气息"。作品预示着不久之后,她将摆脱这"要命女人"的纠缠。

我想坐在镜子前面……

我想坐在镜子前面,
镜子里有烟雾,梦境凄楚,
我想探究您的去向,
您的栖身之所究竟在何处。

我看见:轮船的桅杆,
您正置身甲板……
您在火车的烟雾中……
黄昏的原野惆怅哀怨……

傍晚的原野露水迷蒙,
一群乌鸦盘旋在旷野上空……
真心实意为您祝福,

随便走到哪里都一路畅通!

1915 年 5 月 3 日

【题解】这是《女友》组诗中的第十四首,可视为最后的告别书,诗人决心与帕尔诺克分手。茨维塔耶娃的抒情女主人公为一度同行的旅伴预卜了未来的出路:黄昏时刻,烟雾凄迷,前途渺茫,但仍然为她祝福,希望她能一路畅通。

没有人能夺走任何东西!……

没有人能夺走任何东西!
我们不在一起我倒觉得甜蜜。
让我亲吻您——穿越千百里
使我们两地分隔的距离。

我知道,我们俩天赋不同,
我的声音第一次陷入了沉寂。
面对您,年轻的杰尔察文,
我粗糙的诗句实在不值一提。

我为您可怕的飞腾连画十字:
飞吧,飞吧,年轻的鹰!
不眨眼睛,您敢直视太阳,——
我幼稚的目光却流露惶恐。

没有什么人目送您的背影,
会如此温柔,如此痴情……
让我来亲吻您——穿越
相隔数百年的悠悠时空。

> 1916 年 2 月 12 日

【题解】1916 年 1 月底至 2 月初诗人曼德尔施坦姆(1891—1937)在莫斯科短期逗留,他跟茨维塔耶娃之间发生了一段恋情。2 月 5 日他离开首都,茨维塔耶娃"望着他的背影"写了上面这首诗。茨维塔耶娃推崇他的才华,赞美他是年轻的杰尔察文。杰尔察文(1743—1816)是俄罗斯古典主义诗派的领袖。这首极度夸张的词句令人震撼,亲吻能"穿越千百里使我们两地分隔的距离""穿越相隔数百年的悠悠时空",这种气势如虹的笔法在女诗人作品当中极为罕见。

你总是向后仰着头颅……

你总是向后仰着头颅,
就因为你生性高傲爱撒谎。
这个二月送给我的旅伴,
想不到竟然如此欢快爽朗!

口袋里的钱币叮当作响,
缓缓升起了轻柔的烟雾,
心情兴奋如国外来的游客,
我们在自己的城市里漫步。

美啊,哪个女子的纤手
轻轻触摸过你好看的眼眉?
什么人亲吻过你的嘴唇?
何时何地?亲吻过多少回?

不再追问。强悍的精神
阻止我不再想入非非。
在你身上我认出个男孩儿——
俊美的男孩儿才刚十岁。

我们俩沿着河边散步,
岸边路灯成串光彩闪烁。
我把你信步领到了广场,
它是少年沙皇的见证者。

口哨声吹出男孩儿的痛苦,
你把一颗心紧紧攥在手里……
别了,我冷血的、疯狂的、
重新获得人身自由的奴隶!

1916 年 2 月 18 日

【题解】这首诗也是写给诗人曼德尔施坦姆的。茨维塔耶娃善于观察,抓住了他的典型特征:"你总是向后仰着头颅"走路,诗人既欣赏他的欢快爽朗,又觉察到他的幼稚,把他看成"才刚十岁"的"俊美的男孩儿"。亦褒亦贬,反映出诗人复杂而微妙的心理。

哪儿来的这似水柔情?……

哪儿来的这似水柔情?
我并非初次把卷发抚弄,
发缕蓬松,吻过的嘴唇
比你的更红、味儿更浓。

星星升起来又熄灭,
哪儿来的这似水柔情?
眸子亮了随即暗淡,
我瞳孔里的那双眼睛。

我还不曾在沉沉黑夜,
侧耳聆听这样的歌声,
哪儿来的这似水柔情?
我依在歌手的怀抱中。

远来的歌手,无人可比,
睫毛修长,调皮的后生!
这情怀你叫我如何了结?
哪儿来的这似水柔情?

1916年3月1日

【题解】这是写给曼德尔施坦姆的又一首诗,其中的诗句重复手法历来受人称道。"哪儿来的这似水柔情?"先后出现四次,在四个诗节里的位置依次后移,分别占据第一、第二、第三、第四行,工整中有变化。"复沓"作为一种艺术手法,很多诗人都会使用,但运用到如此巧妙的地步却很少见。

命丧女人之手……

——给曼德尔施坦姆

命丧女人之手。这是你,小伙子,
巴掌上的手纹。
眼睛向下!祈祷吧!当心!
午夜遭遇仇人。

无论歌唱的天赋,还是傲慢的嘴唇,
都拯救不了你的命运。
你之所以可爱,
全凭天分。

哎呀呀,你向后仰着头颅,
眼睛半睁半闭,怎么回事?躲藏。
哎呀呀,你向后仰着头颅——

不该这样。

赤手空拳来抓捕——你机敏!固执!
边远地区整宿响彻你的叫声!
你六翼天使的翅膀被四面来风吹乱——
你是一只雏鹰!

1916年3月17日

【题解】在这首诗当中,抒情主人公化身为看手相的茨冈女人,给彼得堡诗人曼德尔施坦姆算命:断定他将"命丧女人之手"。并且预见到了他的悲惨结局:"边远地区整宿响彻你的叫声!／你六翼天使的翅膀被四面来风吹乱——/你是一只雏鹰!"我们知道,诗人曼德尔施坦姆后来两次被捕,最后死于西伯利亚边疆区的集中营。茨维塔耶娃仿佛有先见之明,居然被她不幸而言中。

我双手奉送……

我双手奉送一座非人工的城市,
接受吧,我荒唐而漂亮的兄弟。

四十乘四十,教堂一千六百座,
穹顶上空飞翔着成群的白鸽……

司巴斯大门口摆满了鲜花,
那里东正教的帽子已被摘下;

星星小教堂——去恶隐修院,
那里有被信徒吻遍了的地板。

五座教堂密不可分环环相扣,
接受它们吧,富有灵感的朋友。

我把外地来的客人引进花园，
让他体验意想不到的喜欢。

朱红色的圆顶在闪闪发光，
不眠的铜钟发出隆隆巨响，

圣母从红彤彤的云彩里
把一块披巾抛给了你，

站起身来，你觉得无比神奇……
你不会后悔曾对我满怀爱意。

1916 年 3 月 31 日

【题解】茨维塔耶娃创作的《吟唱莫斯科》组诗共有九首诗，这是其中第二首，实际上是献给曼德尔施坦姆的，她把莫斯科连同一千六百座教堂，双手奉送给"荒唐而漂亮的兄弟"，以此来表达自己的爱意，也让这位彼得堡诗人感受到莫斯科的分量。诗中的司巴斯大门位于克里姆林宫城堡内。

莫斯科郊外青青小树林上空……

莫斯科郊外青青小树林上空
雨点淅淅沥沥伴随着钟声。
卡鲁加大道晃动着盲人的身影,——

这条道路听惯了民谣、歌曲,
朝圣的香客一再到卡鲁加会聚,
他们在夜晚的昏暗中赞美上帝。

我也在想:我个人到什么时候,
厌倦了仇人,也厌倦了朋友,
同时厌倦了俄罗斯语言的纤柔,——

我就把银质十字架佩戴在前胸,
反复画着十字,悄悄地起程,

踏上古老的卡鲁加大道也去朝圣。

1916年圣三一节

【题解】这是《吟唱莫斯科》组诗的第六首,抒情女主人公充满了幻想,模仿那些温顺的朝圣香客,跟他们一起动身,踏上古老的大道,去卡鲁加城朝圣。卡鲁加位于俄罗斯中部,坐落在奥卡河畔,那里是古代的朝圣中心。圣三一节,又称圣三一主日,东正教传统节日,旨在赞颂圣父、圣子、圣灵三位一体。圣三一节日期为复活节后第一个星期日。这首诗原作每个诗节韵脚为 aaa bbb ccc ddd,译作尽力接近原作的形式,再现原作的风采。

眼　　睛

看惯了草原的眼睛，
流惯了泪水的眼睛，
碧绿的，苦涩的——
农民的眼睛！

遇上个普通的婆姨，
为借宿必酬谢盛情——
还是那一双欢乐的，
碧绿的眼睛。

有一个普通的婆姨
为遮蔽太阳手搭凉棚，
身体摇晃，默不作声——
垂下了眼睛。

旁边走过背木箱的小伙……
盖着僧袍沉睡不醒，
那双恭顺的、容忍的
农民的眼睛。

看惯了草原的眼睛，
流惯了泪水的眼睛，
见过的情景绝不泄露——
农民的眼睛！

1918年9月9日

【题解】这首诗可与阿赫玛托娃创作的《灰眼睛国王》对比阅读，阿赫玛托娃写的是婚外恋，作为当事人的抒情主人公语调哀婉忧伤。而茨维塔耶娃所写的《眼睛》，同样包含着涉及隐情的故事，却由细心的旁观者叙述，他冷静地观察到一幕幕哑剧，语调从容，略带戏谑调侃的味道。草原上的农民，看惯了草原，流惯了泪水，碧绿的眼睛目光苦涩。可是他盼望遇到个普通婆姨，为借宿或许带给他意外的惊喜，想到得意之处，苦涩的眼睛居然充满了笑意。不料前来借宿的不是婆姨，却是年轻货郎，碧绿的眼睛失去了光彩，目光变得恭顺而容忍……诗人透过农民眼睛神色的几次变化，不动声色地描绘了俄罗斯草原的世俗风情。

给尼·尼·维

> "不要让你的情欲
> 跨越你意志的门槛。"
> "可真主更有智慧。"
> 引自《一千零一夜》

1

一条条静悄悄的大道,
迈着平静的大步走向前……
心像被抛进水里的石头——
激起的涟漪一圈圈扩展……

那水很深,那水很暗……
胸腔里永远保存那颗心。

我渴望从那里得到它,
想说:快跟我的心贴近!

2

整个大海——需要天空。
整颗心儿——需要神灵!

1920 年 4 月 27 日

【题解】尼·尼·维舍斯拉夫采夫(1890—1952),俄罗斯画家,曾为茨维塔耶娃画肖像。他比诗人年长两岁,渊博学识,能说一口流利的法语,高挑身材,举止稳重,绿褐色的眼睛目光柔和,弯曲的眉毛非常好看。高高的前额使他的脸显得稍微长了一点儿,柔软而有魅力,却不擅长谈情说爱。笔记本透露了茨维塔耶娃的倾慕与抱怨。而诗稿练习本里的诗则一首接一首出现,1920 年 4 月末到 5 月,居然写了二十七首。她的诗从来没有这样直截了当,情如烈火,难以遏制。从这些诗听得出悲剧性诗人的声音,热衷于歌颂情感错位与情感爆发。全部组诗的意义包含在对话性题词当中:"不要让你的情欲跨越你意志的门槛","可真主更有智慧"。随着情欲的漂泊,心灵历经苦难,最终心灵战胜情欲,普叙赫战胜夏娃,——这就是组诗的本质所在。

看到我脸色惨白……

看到我脸色惨白,
你居然一声不响。
你是石头,我歌唱,
你是墓碑,我飞翔。

我知道最温柔的五月
在永恒看来没有分量。
我是鸟儿,你别抱怨,
天生注定我飞舞轻狂。

1920 年 5 月 16 日

【题解】《给尼·尼·维》组诗第十首。这首诗的引人之处在于对比巧妙,"你是石头,我歌唱/ 你是墓碑,我飞翔。"动与静,冷与热,稳重与轻狂,形成了鲜明的反差与对照。抒情女主人公既爱恋又嗔怨,复杂心绪表现得淋漓尽致。

引人入胜又令人赞叹……

倘若大白天能够做梦,
引人入胜又令人赞叹,
我睡眠很多人都见过,
可梦中的我无人能见。
因此,每天从早到晚,
我的眼前飘浮着梦境,
夜晚却懒得上床睡眠。
这样,我思念的幽魂
站在睡眠的朋友身边。

1920年5月17—19日

【题解】《给尼·尼·维》组诗第十六首。"梦中的我无人能见",换句话说,没有人了解诗人的梦想,而这梦想是"站在睡眠的朋友身边"。情感表达委婉而曲折。

哪怕被钉在耻辱桩上……

哪怕被钉在耻辱桩上,
我仍然要说:我爱你。

没见过任何一个母亲,
会这样仔细注视她的孩子。
为了痴迷于事业的你,
怕猝然死亡,愿慢慢咽气。
你不明白,我话语很少!
钉在耻辱桩上都在所不惜!

假如军团交给我一面旗帜,
可我的眼前突然出现了你——
手执另一面旗。我呆若木鸡,
情不自禁,旗帜掉落在地。

小草一样,跪在你的脚边,
我宁可抛弃这最后的荣誉。
你的手把我钉在耻辱桩上——
这木桩像棵白桦长在牧场,

木桩四周并非人群议论纷纷,
而是凌晨的鸽子咕咕有声……
付出了一切,我不想用这
黑色木桩去换鲁昂的火红!

1920 年 5 月 20 日

【题解】《给尼·尼·维》组诗第十八首。诗人赞美气势恢宏、无所畏惧的爱情。为了爱情,甚至不怕被钉在"耻辱桩"上,在抒情主人公看来,这种自我牺牲与奉献的精神,甚至超越了贞德被烈火焚烧的荣耀。为了爱,倘若她是军团的旗手,见到所爱的人手执敌方的大旗,她会抛掉手中的旗帜,跪倒在意中人脚边。这种场面,令人想起古罗马的统帅安东尼,抛下军队,放弃权杖,紧紧追赶埃及艳后克娄佩特拉船队的故事。茨维塔耶娃为爱疯狂,把爱情写到极致,诗歌中这样的作品并不多见。诗中涉及法国圣女贞德(1412—1431),法兰西民族英雄,率领法国军队抗击入侵的英军,后被俘落入敌手,在鲁昂被处以火刑,为国捐躯。

有人是石头刻的……

有人是石头刻的,有人是泥巴捏的,
我是银子铸的,光芒闪烁!
我的事业是变化,名字叫作玛丽娜。
我是大海瞬息万变的浪花!

有人是泥巴捏的,有人是血肉之躯——
等待他的是坟墓和墓碑……
大海是我的洗礼盆——不停地汹涌,
不停地飞腾,然后粉碎!

我自由放任,渴望穿越每一颗心灵,
任何樊篱休想让我就范。
你可看得见我飞扬的头发桀骜不驯?
靠泥土怎能把我变成盐!

波涛起伏连续撞击你花岗岩的膝盖,
我随着每一朵浪花复活!
大海呼啸喧腾的浪花,欢乐的浪花,
我为每朵浪花高唱赞歌!

1920年5月23日

【题解】《给尼·尼·维》组诗第二十三首。茨维塔耶娃的名字"玛丽娜"词根与大海有关,希腊神话中的爱神阿佛洛狄忒是从大海浪花中诞生的,因此诗人说:"我是大海瞬息万变的浪花!""任何樊篱休想让我就范。"就展现诗人桀骜不驯的个性、狂放不羁的气质而言,这首诗是当之无愧的名篇。作品语言铿锵,节奏鲜明,音调明快,朗朗上口,因而历来受到读者的钟爱。

给帕·安托科尔斯基……

我赠送给你一枚铁戒指:
送给你失眠、兴奋与绝望。
提醒你别偷看姑娘的脸,
甚至温柔这个词都要遗忘。

让你这发缕如浪的头颅
如酒杯泡沫四溢,神采飞扬,
任环境如火,你心肠似灰
善于把持自己就像钢铁一样。

当你那具有预见性的卷发
因爱情自动来临而闪烁红光,
那时候你要把这枚铁戒指
默默地紧紧贴在你的嘴唇上。

第一个环节构筑你的铠甲，
躲避红唇，这是你的护身符，
风暴来临独立支撑如橡树，
在铁的圈子里上帝一般孤独！

为的让那个天才的阿拉伯人
用燃烧的炭火把我们的心照亮，
戴上，戴上吧，忠实的奴仆，
把铁戒指戴在你微黑的手指上……

1919年3月

【题解】帕维尔·戈里高利耶维奇·安托科尔斯基(1896—1978)，俄罗斯诗人，演员，爱称"巴甫里克"，瓦赫坦戈夫戏剧学校毕业生。个子不高，性格活泼，为人热情，一双明亮的黑眼睛，浓密的黑色发缕垂向高高的前额，声音洪亮，朗诵诗歌特有激情。在茨维塔耶娃心目中，"巴甫里克"是真正具有普希金火热心灵的诗人。她献给帕·安托科尔斯基这首诗让人联想起普希金写的《护身符》，如能对照阅读，不难发现其中的传承关系。诗中"天才的阿拉伯人"指的就是普希金，因为普希金有黑人血统，他的外曾祖父汉尼拔是来自埃塞俄比亚的黑人。

那些词句有待思考……

那些词句有待思考。
从荒僻喑哑之地
生命常常能敲击出
无比崇高的真理。

或许——应该离开
前额倚过的肩膀。
或许——应该摆脱
白昼看不见的光。

拨动琴弦徒劳无益,
把骨灰撒向荒原。
自己的恐惧和遗骸
权作是一份奉献。

燃烧而善于自持,
那是静静恳求之时。
那是无牵无挂之时。
那是遗世独立之时。

      1922 年 6 月 11 日

      柏林

【题解】1922 年 5 月 15 日茨维塔耶娃带着女儿阿莉娅出国到达柏林。这是她写给阿·戈·维什年科(1895—1943)的第一首诗。她在柏林逗留了两个半月,对维什年科产生了恋情。此人是"赫利孔"出版社的老板,外号"赫利孔",这个词源于希腊神话中的"赫利孔山",即缪斯与阿波罗居住的圣山。维什年科比茨维塔耶娃小三岁,他答应出版她的《手艺集》。诗人对他心生好感,为他创作了包括八首诗在内的《尘世特征》组诗,还连续给他写了十封信,可是维什年科只回了一封。这种冷淡态度让茨维塔耶娃由爱转恨,耿耿于怀。

残酷的磨难……

残酷的磨难。
谷底的爱情。
双手:光与盐。
双唇:血和炭。

前额曾窃听
左胸的雷霆。
前额碰到石头,
谁对你一见钟情?

上帝在深思!上帝在虚构!
云雀般嘹亮,花朵般美丽,
一捧山泉水:全都泼出去,

连同我的野性,我的安静,
连同我嘤嘤哭泣的彩虹,
连同我的隐秘,我的犹豫……

你生性可爱!
外加贪婪!
你该牢牢记住
右肩上的伤疤。

昏暗中传来啁啾……
跟鸟儿一道早起!
我的最大欢乐
在你的年鉴里。

1922年6月12日

【题解】茨维塔耶娃笔记本里的诗歌作品,充满了"触目惊心的私密性"。此刻出现的是既甜蜜又苦涩的爱情"磨难",这种人世间的爱情短暂易逝、残忍而罪孽。爱情原有的崇高理想已经被爱情的平凡庸俗所取代。甜蜜的时刻很少,更多的时候是泪流满面,心痛难忍。

深夜絮语……

深夜絮语：丝绸
手的抚摩与温存。
深夜絮语：丝绸
耳鬓厮磨的亲吻。
数算
白天的所有妒忌——
以及
来自远古的烈焰——
咬紧牙关——和诗行
争辩——
簌簌抖颤……
是树叶
摩擦玻璃……
第一声鸟鸣传来。

多么清脆！叹息。

不是那一声。消失。

消逝了。

肩膀

忽然震颤。

空茫。

怅然。

了结。

虚幻。

晨光刺入慌乱：

如一柄利剑。

1922年6月17日

【题解】写这首诗的同一天还有一封信,秘密信件,诗人的抒情书简,收信人是"赫利孔",即维什年科。玛丽娜·茨维塔耶娃经常因个人私事到"赫利孔"那里去,维什年科的出版社准备出版她的诗集,其中收入的都是她出国之前那一年写的诗歌作品,书名定为《手艺集》。原本事务性的联系,在茨维塔耶娃心目中却蒙上了一层风流浪漫的色彩。于是又开始杜撰新的神话,为新的诱惑而陶醉(过去曾多次重复!),即便外界没有这样的"诱惑",茨维塔耶娃自己会想象出新的"诱惑"。

你好！……

你好！不是箭镞,不是岩石:
我！最有活力的女性,
性命。伸展出两只手臂
拥抱你沉酣的美梦。

来吧！（双倍尖利的舌头:
来！赛过灵蛇的舌芯!）
没戴头巾,你要完全接受,
接受我酣畅的欢欣！

靠紧！——今天乘坐帆船,
亚麻般靠近！紧贴在滑板上！
今天我换了一件新衣服:
金光灿灿第七件盛装！

"我的人!"拥入怀抱,热吻,
想象不到的奖赏——天堂!
生命:瞬间迸发的喜悦
从早晨起就叫人欢畅!

1922 年 6 月 25 日

【题解】一厢情愿、自以为是的浪漫爱情,一下子先冒出火焰,并熊熊燃烧,不断分析自己的情感,要求对方给予明确答复。茨维塔耶娃最大的不幸,就在于她的轻率、盲目、坦诚,而男人们无法容忍的恰恰是这种急于求成的举动。她总是想尽快"确定关系",刚刚"认识"不久,就想加速"认识"的进程,让交往火速升温。殊不知事与愿违,被她相中的男人,既吃惊,又害怕,躲避唯恐不及。

你寻找忠贞可靠的女友……

你寻找忠贞可靠的女友,
她们决不会亵渎神奇。
我知道维纳斯是工艺品,
我是手艺人懂得手艺。

从崇高庄重沉默无声,
到对心灵的完全驾驭:
攀登神性的层层阶梯——
从降生直到停止呼吸!

1922 年 6 月 30 日

【题解】这是茨维塔耶娃写给维什年科的《尘世特征》组诗第二首。多年以后,诗人的女儿阿里阿德娜(阿莉娅)解释这首诗时,分析了茨维塔耶娃才华的双重性:"爱情的博大与卑微",指出了她凌驾一切的高度。归根结底,爱情的缔造者,既有人世间的特征,也有天庭的崇高,表明她既是创造者,也是凡人,既是诗人,也是"手艺人"。

生活撒谎难以模仿……

生活撒谎难以模仿：
出乎意料,把谎言超越……
但借助所有脉搏跳动
你可以分辨:这就是生活!

你像浑身铁锈:有声,发青……
(置身谎言又何妨!)浪涛,灼热……
喃喃自语,像针刺穿忍冬花……
他在呼唤——你该学会欢乐!

朋友,不要惩罚我,我和你
肉体与心灵受到重重诱惑——
看吧,我的前额紧贴梦境,
问情由——你为什么唱歌?

对你寂静闪光的诗集,
对你野性的黏土说"不错!"——
轻轻低下头前额贴前额:
要知道——双手渴望生活。

1922 年 7 月 8 日

【题解】1922 年 6 月,茨维塔耶娃把她的诗集《里程标》辗转寄到了鲍里斯·帕斯捷尔纳克的手中。受到震撼的帕斯捷尔纳克,满怀兴奋,好像突然发现了奇迹,他把自己的诗集《生活——我的姐妹》寄往柏林,送给茨维塔耶娃作为回报。鲍里斯·帕斯捷尔纳克与玛丽娜·茨维塔耶娃之间的友谊与爱情就这样开始了,两个人热切的书信往来不断,连续多年。成为俄罗斯诗歌史上一段佳话。茨维塔耶娃特意为帕斯捷尔纳克的诗集写了评论文章《光雨》,随后把她的《离别集》寄往莫斯科,扉页上写了题词:"给鲍里斯·帕斯捷尔纳克——期待会见!"在诗集的最后写了上面这首诗。

白　发

白发是珍宝的灰烬：
标志着丧失与屈辱。
白发是灰烬,面对它,
花岗岩也要化为尘土。

赤裸而洁白的鸽子
失去了生活中的伴侣。
所罗门遗留的灰烬
胜过浩渺无边的空虚。

时光不存在日落,
白垩威严又阴森。
房子已烧毁,意味着——
上帝将走进我的家门。

不因褴褛而窒息,
做白天与梦幻的主人,
早生的白发像火焰——
彰显一直向上的精神。

落在身后的岁月,
并非你们出卖了我!
永恒的力量取得胜利——
才使这白发银光闪烁。

1922 年 9 月 27 日

【题解】1922 年 11 月 19 日茨维塔耶娃给帕斯捷尔纳克寄了一封信,随信附上了这首诗,信中对他表达了爱慕。所罗门,古代以色列王国第三任国王。他是大卫王朝的第二任国王、大卫王朝创始人大卫王的爱子,《圣经·旧约全书》中《箴言》《传道书》《雅歌》的作者。

当我心爱的兄长……

当我心爱的兄长
走过最后一棵榆树,
(榆树瞬间排成了一行),
流出了大过眼睛的泪珠。

当我心爱的朋友
把最后一座海角绕过,
(内心在呼唤:你回来吧!)
挥手的动作——长过胳膊。

仿佛胳膊脱离了肩膀!
仿佛嘴唇紧追着盟誓!
话语脱离了声音,
巴掌甩掉了手指。

当我心爱的客人……
"上帝啊,请看看我们俩!"——
流出的泪珠比眼睛还大,
比大西洋上空的星星
还大……

1923 年 3 月 26 日

【题解】这是茨维塔耶娃写给帕斯捷尔纳克组诗《电报线》中的第七首。1923 年 1 月底到 3 月初帕斯捷尔纳克陪伴即将临产的妻子出访柏林。茨维塔耶娃想到那里去见他,几经周折未能成行。她给帕斯捷尔纳克写了封长信,其中说,命中注定两个诗人难以见面,可同时又梦想在歌德的国土,在魏玛相逢。这封信倾诉了爱情,倾诉了无比丰富的情感:"我将一直思念您,就像过了一百年,只想真正美好的、重大的情节。不放过任何一个偶然的细节,不带一点自以为是的偏见。上帝啊,就像我所有的诗歌一样,生活中我的每个日子都属于您!"她送给帕斯捷尔纳克的《手艺集》写的题词是:"送给我不见面的朋友,云端的兄弟,鲍里斯·帕斯捷尔纳克。"女演员索涅奇卡·果丽戴伊(1896—1935),是茨维塔耶娃年轻时的好朋友,她曾说过一句话:"流出了大过眼睛的泪珠。"茨维塔耶娃觉得很有诗意,她在这首诗中借用了女友说过的这句话。

倾 身

母亲的耳朵——穿越梦境。
我这里倾身把你聆听,
精神同情受难者:是否烧灼?
我为你倾身低下了前额,

眼睛看不到江河的源头。
我倾身任血液向你涌流,
天空——倾身温馨的岛屿。
我倾身任河水永远流向你……

惶惑倾身于琴弦的音乐,
花园倾身于层层台阶,
柳枝倾身于逃逸的路标……
我向你倾身有星光闪耀,

所有的星斗倾身大地
(星与星有天生的亲和力!)
旗帜倾身苦难者坟墓的辉煌,
我为你倾身垂下了一双翅膀……

猫头鹰倾心树干上的窟窿,
黑暗倾心于墓园的坟茔,
我渴望常年不醒一直沉睡!
我为你倾身愿嘴唇亲吻

泉水……

1923年7月28日

【题解】亚历山大·瓦西里耶维奇·巴赫拉赫(1902—1985),侨居巴黎的年轻批评家。他不仅为茨维塔耶娃的《手艺集》写评论,还准备为她刚刚出版的诗集《普叙赫》撰写书评。茨维塔耶娃得知这些情况,虽然没见过这位批评家,但他思考周密的评论给她留下了深刻印象。1923年6月初,她曾打算给评论家写信,后来因忙于其他事情,信没写完,6月9日她给巴赫拉赫寄出了一封很长的信件,信的第二部分已经不再阐述"生存意识",而是讲述"日常生活"、文学生涯。茨维塔耶娃毫不掩饰自己陷入了新的恋情。一个半月后,她创作了这首题为《倾身》的抒情诗,表达母亲对儿子般的关爱。二十行诗句,"倾身"一词重复多达十五次,以这种特殊的修辞手法抒发潮水般的关切与倾慕。

荷花汁液

花瓣墙把世纪引向何方?
是不是引向那些国度?
那里的孩童柔软如藤蔓,
从小受到培育和爱护。

〔来自喜马拉雅山的拉甲①——
就在那盛产荷花的国家……〕

各种蕨类和节节草弥漫,
一丛芦苇,巡逻的星星,
…… 植物的朦胧记忆
藏在三粒绿色种子当中……

---

① 拉甲,古代印度土邦王公的称号。

我带着三粒小小的种子,
哦,亲爱的!最后一粒——
一粒印度大麻的种子,
我太健忘,已经丢失

在你门口。哦,双手空空!
我仍要把东方礼物送给你:
唇对唇接受吧,这美梦
浸透着荷花的液汁!

1923 年 7 月 23 日

【题解】这首诗也是写给评论家巴赫拉赫的。诗句跳荡,意境朦胧,借助印度荷花,表达内心的期望与追求:把东方的礼物——荷花汁液送给情人,让他"唇对唇接受"。构思巧妙而独特。

珠　贝

逃离谎言与罪恶的麻风病医院,
我要带你逃走,我把你呼唤。

把你带进霞光!摆脱死亡的噩梦,
把你带进双臂伸开的怀抱中。

平静地生长吧,依傍珠贝的皮肤,
在珠贝的手掌中变成一颗珍珠!

哦,无论族长还是国王都不能
购买珠贝的隐秘欢乐与惶恐……

那些争奇斗艳的美人太高傲,
她们都无缘接触你的珍宝,

因此也不会把你据为己有,
而珠贝伸出了无私的手,

她拥有珠贝的隐秘穹隆……
睡吧!我忧伤的秘密欢情,

睡吧!遮蔽了海洋和陆地,
像珠贝一样我拥抱着你:

从左右两边,从头顶到脚跟——
珠贝像摇篮把你裹得紧紧。

心灵疼爱你白天不亚于夜晚——
尽力舒缓、消解你的忧烦……

伸出一只手,手掌焕然一新,
潜在的雷霆既寒冷又温馨,

温存而娇纵…… 好啊!快看!
珍珠一般你从深渊里涌现!

"你要出去!"第一句话:"好吧!"
珠贝承受苦难,乳房膨胀增大。

哦,敞开门吧,敞开门!
母亲的每次尝试都有分寸……

既然你已经解除了囚禁,
那就把整个海洋尽情畅饮!

1923年7月31日

【题解】这也是写给巴赫拉赫的一首情诗。诗人笔端流动着两种情愫:爱情和母爱。茨维塔耶娃比巴赫拉赫大十岁,在她的心目中,巴赫拉赫兼有情人与儿子的双重身份。茨维塔耶娃二十五岁时写过:"爱情和母爱几乎是相互排斥的。真正的母爱——英勇无畏。"同一时期还写过这样的词句:"多少母亲亲吻的并不是孩子,多少母亲亲吻孩子已失去了母爱!"这并非责备,只是她年轻时的体验。现在的感受则较为复杂并有几分苦涩。照诗人的说法,任何爱情都是一种痛苦。这首诗写的当然是爱情,其中有喜悦也有悲伤,有自我牺牲也有谆谆告诫,有自由也有约束,有天空也有大地,有"情欲"也有母爱——情感极为丰富;诗的结构也很奇特,几乎每个词都打破正常的逻辑。茨维塔耶娃后来曾论及爱情,她说这跟"性和年龄没有多少关系"。心灵敞开怀抱,敞开"隐秘穹窿",像珠贝一样孕育珍珠,保护自己的小宝贝不受外界侵犯,态度既威严又柔顺!她知道时机一到,必定跟孩子分离,撒开手让他独自去闯荡世界,期望他不但有力量自卫,并且气质高雅、仪表堂堂。上面所述不过是外在的大体印象,这首诗相当深奥,难以解释,我们该反复阅读,深入剖析,因为诗中凝聚着茨维塔耶娃过去、现在以及未来的创作精华,仅仅这一首诗就足以使她成为伟大的诗人。茨维塔耶娃传记作者安娜·萨基扬茨把这首诗列为她最喜欢的茨维塔耶娃五首诗歌作品之一。

书　　信

很多人不等待信件，
有些人却盼望来函。
涂抹了糨糊的带子，
沾满了碎纸碎布片。
其中有词句和幸福。
够了——不必多言。

很多人不期待幸福，
有些人却等待了断。
像战士射出的霰弹，
胸膛里有三枚弹片。
眼中只有一片红光。
够了——不必多言。

衰老——并非幸福!
花朵——被风吹走!
四四方方的庭院,
还有乌黑的枪口。

(四四方方的书信:
还有墨水与杯盏!)
对于死亡之梦说来,
谁也不是衰迈暮年!

四四方方的信函。

1923年8月11日

【题解】茨维塔耶娃给巴赫拉赫写信,谈到她对同时代诗人的看法。她怀着敬爱之情说到安德烈·别雷、曼德尔施坦姆和马雅可夫斯基,还说阿赫玛托娃和勃洛克是两个心爱的诗人。帕斯捷尔纳克是她在诗坛上唯一的兄弟。出乎意料的是她没有收到巴赫拉赫的回信,一种可能是回信没有寄到她的住地。她感到不安,也觉得委屈。"隐秘热情"点燃了心灵的火焰。于是创作了这首诗,指出了等待书信的煎熬:书信能带来喜悦,也可能给予致命的打击。

分　秒

分秒:正在消逝,你亦将消逝!
如此消逝的还有情欲和朋友!
此时此刻同样将被抛弃——
明天呢,什么将被抛弃出手?!

分秒:测量的瞬间!
小小的检测尺度,你听:
已经结束的永远不再开始。
就这样撒谎,对别人进行奉承,

受伤害者遭到十倍的指责,
说他们一事无成,软弱无能。
妄图测量海洋,你是谁?
妄图给鲜活的灵魂划定分水岭?

搁浅的沙滩啊！哦，万千琐事！
慷慨的沙皇享有无上的荣誉，
他认为一句铭文胜过王国：
指环上刻着："此时亦将逝去"……

在返回起点的路途中，
什么人能回避得了虚荣？
哪一个不想借用阿拉伯罗盘
辨明方向，摆脱苦难重重？

分秒：疲惫不堪！臆想的
跨越——十分缓慢！我们
将化为尘埃！你啊，分秒，
只对那些猎犬心怀依恋！

哦，我多渴望留住那个世界，
那里的钟摆撞击心灵，
在那里能够以我的永恒
支配流逝的每一分钟。

1923 年 8 月 12 日

【题解】这首诗也是写给巴赫拉赫的。主题在于表现"人生短暂"。在"处处讲分寸的世界上"不可能有真正的幸福。走过一生,告别人生,这里所涉及的生活都是以时间来计算的,因此,诗人追求的不朽,跟他在人世间的艰难处境互不相容、彼此抵触。但诗人仍留恋人世,渴望以永恒之笔,支配每一分钟。茨维塔耶娃这首诗很有名,她的所有诗集都选这首诗,所有研究茨维塔耶娃诗歌的学者都不会忽略这首诗。作品音韵和谐,内涵丰富,具有独特的美感。

利　　剑

我们俩之间横着一把双刃剑,
宣过誓的利剑——让心警醒……
可常有——满怀激情的姊妹!
可常有——兄弟间的激情!

可常有风中草原交织着
唇边深渊刮过来的习习微风……
这把利剑能保护我们,
保护我们俩不朽的心灵!

利剑,威胁我们,刺穿我们,
利剑,惩罚我们,可你要知道
生活中常有终极真理,
超越极限,绝处逢生……

这把双刃剑——导致人分离？
不，它使人亲近！刺穿了斗篷！
威严的守护者，它吸引我们，
软骨对软骨，伤痛对伤痛！

（你听！万一星星坠落……
船上的孩子落入大海，不幸……
可毕竟还有很多岛屿，
那里最适合说爱谈情……）

这把双刃剑蓝光闪闪，
最终难免会剑刃血红……
双刃剑——终将伤及自身。
躺下吧，我们将不幸而言中！

这将是——兄弟间的伤残！
咎由自取，有星星作证……
什么人也不会受到指责……
我们是靠利剑结盟的弟兄！

1923年8月18日

【题解】茨维塔耶娃急切地等待巴赫拉赫的回信,却偏偏等不来。这在她心里引起了动荡的"波澜"。她的草稿本里日复一日出现了跟巴赫拉赫有关的札记,她把这些札记命名为"病历简报"。责备、猜疑、迷惑、希望、柔情——所有心理活动交织着疾如闪电的联想、格言警句以及层出不穷的奇妙遐想。诗人忍受着心灵煎熬,情感的表达更有力度。那个原先看不见的对话者,现在连声音也消失了,变成了一个幻影,但是他的魅力不仅没有减弱,反而越来越强烈,折磨、撕扯着不朽的心灵。不过,对诗进行阐释,往往力不从心,因为诗歌不是别的,而是诗人迷失在人类心灵的迷宫里,找不到方向和出路所发出的叹息。

峡　谷

1

峡谷——底部。
夜——摸索树墩。
四周的针叶窸窣抖颤。

发誓——没有必要。
你卧倒——我也躺下。
你成了陪伴我的流浪汉。

潮湿的吊床
一滴滴啜饮夜色——
忽然,你有些吁吁气喘。

你有权畅饮。
漆黑一片!上帝啊!
仿佛是深渊连着深渊。

(现在——几点?)
夜——穿过帷幔
窥探——悄悄地窥探。

记住:夜像小偷儿,
夜——像山峦。
(我们俩都像——夜晚的

锡拿山……)

1923年9月10日

2

你永远不知道,我燃烧与消耗什么
——心脏跳动不匀——
在你温存、空旷、滚烫的胸口,

傲慢而可爱的人。

你永远不知道,你亲吻过的痕迹,
并非我们的风暴遗留!
不是山,不是峡谷,不是墙,不是堤:
是我心灵的隘口。

哦,你不必聆听!痛苦梦呓的温度计……
小溪流水的潺潺絮语……
不错,你盲目索取。双手松开肩膀,
你已经获得胜利!

哦,你不必细看!在纷纷的落叶下面
我们——也像落叶纷纷!
的确,你盲目索取。这是倾盆大雨后
急速飞散的乌云。

你躺下——我躺着。美妙。一切都美妙!
身体经过了战斗洗礼——
舒畅又和谐。(听人说,置身峡谷底部,
可跟天堂的下层相比!)

这些失眠的树木发了疯似的连续奔跑,
有个人遭受了致命的摧毁。
你的胜利——意味着一群人的失败,
你知道吗,年轻的大卫?

1923年9月11日

【题解】康斯坦丁·波列斯拉沃维奇·罗泽维奇(1895—1988),白军军官,流亡捷克后,成为布拉格大学的学生,谢尔盖·艾伏隆的同学。他个子不高,细眉细目,目光中流露出勇敢和顽皮,屡屡赢得女性的欢心,堪称情场高手。茨维塔耶娃曾把她的《手艺集》送给罗泽维奇,并在扉页上题词:"赠予我所敬重的拉泽维奇,纪念长久而愉快的友情。玛丽娜·茨维塔耶娃。捷克-布拉格-莫克罗普萨。1923年4月。"她有意把"罗"写成"拉",此时尚未意识到她和这个男人之间将爆发一场烈火烹油般的爱情。仅仅过了四个月,9月10日她给巴赫拉赫写信说:"现在我的生活面临急剧的转折,请您记住这个时刻……"茨维塔耶娃笔下的女主人公为情欲燃烧,无家可归,每到夜晚跟情人一起流浪街头,寻找偏僻隐秘的地点。她这次经历的爱情绝对是人间之爱,肉体之爱,具有毁灭性的爱,"像死亡一样有力""比死亡更强烈!"而点燃这把火的人正是罗泽维奇。茨维塔耶娃给巴赫拉赫的信中还写道:"生活中的偶然事件难以预料,可这种巧合却让人兴奋。此刻我就有一种节日前夜——或末日来临的感觉。……您有没有力量爱我爱到最后？也就是说,当我说出:'我必须以死来了结!'……须知我不是为平庸而生。我身上的一切都是熊熊燃烧的火！我能够同时跟十个人保持关系(良好的'关系'!),发自内心地对每个人说,他是我唯一钟爱的人。……我穿得破破烂烂,您却浑身铠甲。你们大家什么都有:艺术、社会地位、友谊、娱乐、家庭、职责,我呢,内心深处,什么都没有。像皮肤一样,一切纷纷脱落,皮肤下不是鲜活的肉,就是燃烧的火:我就是普叙赫。我不想受任何形式的束缚,即便是空间最为宽广的诗歌！我不能过平庸的生活。我的一切作为都跟别人不同……你说,我有这样的个性,生活中究竟该怎么做？……"这封书信或许有助于读者理解这首诗,理解茨维塔耶娃与罗泽维奇的关系。诗中的锡拿山,据《圣经》传说上帝在这座山上向摩西传授戒律。大卫,即大卫王,古以色列王国国王(公元前11—前10世纪),米开朗琪罗有著名的大卫雕塑。

车站的呼声

汽车站的呼声:停一停!
火车站的呼声:哦,真可怜!
小车站的呼声:
或许是但丁
在呐喊:
"留下希望!"
还有火车头的呐喊。

钢铁的震撼
和海浪的霹雳。
你在售票处窗口
寻思——可有空间交易?
海洋交换陆地?
交易——最鲜活的肉体。

我们是肉体——不是灵魂!
我们是嘴唇——不是玫瑰!
离开我们?不——从我们身边
车轮运走了那些可爱的人!
时速之快,快得惊人。

售票处窗口。
情欲游戏像赌博一样。
我们当中有人说得对:
"爱情——就是屠宰场!

生活就是钢轨!不必哭泣!"
路基——路基——路基……
(占有者们瞅着那些劣马
的眼睛,有些丧气)。

"没有伤,没有残,便没有运气。
买的就是那种样子!对吗?
会有指望。"那个女裁缝做得对,
保持沉默不予回答。

1923 年 9 月 24 日

【题解】茨维塔耶娃跟罗泽维奇第一次亲密接触的地点,就在"火车站"附近。她受到这个男人的吸引,绝非偶然。罗泽维奇虽说个子不高,却满怀自信,谙熟情场上的"风流学问",举止潇洒大方,那狡黠的微笑实在迷人,难以抗拒,玛丽娜·茨维塔耶娃不止一次提到过这一点。她明明知道,情欲游戏像赌博一样,"爱情——就是屠宰场!"却甘冒风险,足见她为爱疯狂,已经到了失去理智的地步。

布拉格骑士

脸色苍白的骑士,
听河水世代川流不息,
骑士啊,骑士,
你是这河流的卫士。

(哦,难道在河流里
能找到唇与手的和谐?!)
骑士站在岗位上——
正目睹离别。

信誓旦旦,交换指环……
不料石头般跳进河流——
四百年以来,我们
多少人被急流冲走!

投河随便,无人阻拦,
浪花像玫瑰花一样迸溅!
因被人抛弃投河自尽!
用这种方法报复你!

我们至今尚未厌倦,
依然还保持着激情!
在桥上进行报复,
像展开翅膀飞腾!

扑向水草,扑向浪花,
像扑向锦缎做的被褥!
桥啊桥——此刻
我不再为罪孽痛哭!

"从致命的桥一头栽下,
这需要鼓足勇气!"
布拉格骑士呀,
我的身材并不矮于你。

河水里究竟是甜是苦，
这一点你看得最清晰，
岁月的骑士啊，
河边的卫士。

1923年9月27日

【题解】布拉格伏尔塔瓦河有座查理大桥，桥边有布隆斯维克骑士的雕像，被称作"布拉格骑士"。这首诗也跟罗泽维奇有关，但情调由激昂转向消沉。为什么"光明"化为"黑暗"，原因何在？要破解两个人隐秘关系的发展轨迹，是一道难题，只有两个当事人明白这种关系的来龙去脉，可当事人早已沉入遗忘的深渊。问题的关键在于，生活当中茨维塔耶娃时刻没有忘记她是诗人。大诗人天生具有鲜明的双重性，这种双重性相互依存，永远不会决裂，也难以合二为一，这神秘天体的两个"半球"或明或暗，交替呈现，让人难以把握其活动规律。艾伏隆察觉了茨维塔耶娃跟罗泽维奇的暧昧关系，难以容忍，提出离婚。他在写给沃洛申的信中形容茨维塔耶娃"今天绝望，明天狂喜，恋爱，献出整个身心，再过一天又感到绝望。"也有助于我们了解这首诗的写作背景。

女　友

"我不离开！……永无尽头！"紧紧依偎……

而在胸中——暴涨

可怕的洪水，

音符……希望：仿佛秘密

定而不移：必将分——离！

1923年10月5日

【题解】这首诗仍跟罗泽维奇有关，抒情女主人公既体验到爱的疯狂，又预感到悲剧性结局："必将分——离"。茨维塔耶娃发生婚外恋情已有一个多月，艾伏隆发现了隐情，其痛苦难以形容。"荒谬的共同生活靠谎言维持"，他陷入绝境，决定离婚。艾伏隆写道："她两个星期惊慌失措，从这一家跑到另一家。这段时间她搬到熟人家里去住。晚上睡不着觉，人变得很消瘦，我头一次看到她这么绝望。"从诗歌作品判断,一开始茨维塔耶娃就感到绝望,绝望一直在延续,绝望在召唤"放弃生命!"即便是在最缠绵的时刻也预感到分离不可避免。

古老的虚荣……

古老的虚荣正在血管里流淌,
跟心上人私奔:古老的幻想!

(我们想进入胸膛,不仅贴着胸膛!)
去尼罗河! 或者更远,去别的地方!

离开车站,到它管辖的范围以外,
我想挣脱肉体的拘束,你可明白?

(当眼皮沉重逐渐迟钝的时刻,
难道我们能脱掉衣服自由结合?)

……最好能超越彼岸的边界:
去见冥河女神斯堤克斯……

1923 年 10 月 7 日

【题解】这首诗也是写给罗泽维奇的,爱的甜蜜与恐惧交织在一起。车站是两个人相遇、约会的地点,抒情主人公想离开车站,一起私奔,去更隐秘的地方;或者一道投河殉情。斯堤克斯是希腊神话中掌管冥河的女神。

你爱我爱得确实虚伪……

你爱我爱得确实虚伪——
用谎言伪装真理,
你爱我,让我走投无路——
让我漂泊异域!

你爱我,不受时间局限——
右手一挥,坚定不移!
从今往后你再不会爱我:
这一句话倒符合实际。

1923 年 12 月 12 日

【题解】这首诗标志着茨维塔耶娃与罗泽维奇的分手。从一方面看,作品过于私人化,达不到茨维塔耶娃杰出作品的水准,但从另一方面着眼,它又坦诚机智地描绘了激发灵感者的清晰形象。

我们可以假定他就是"普叙赫的情人"。这不是追求者——阿摩耳,而的确是情人,天上心灵的肉体伴侣—— 这是出乎意料的荒谬结合。他的真实——在她看来是虚伪;他的真理——在她看来是谎言。他的爱("让我走投无路","不受时间局限")对于她来说——是不爱(两个词合成一个词),无论他怎么样郑重宣告,总是事与愿违。这首诗写得匆忙,言犹未尽,可实际上却很深刻。它已经孕育着胚胎,已经开始了另一部长诗的创作,这部长诗《山之歌》的主题就是——爱情与分离。

体 验 嫉 妒

您跟另一个女人过得怎么样?
是否更单纯? 还是遭遇打击!
是否像遥远的海岸线,早就
淡漠了有关于我的记忆?

我成了一座漂浮的孤岛,
并非漂在水面,它飘浮空中!
灵魂,灵魂! 该是你的姊妹,
而非情人——任您随意玩弄!

您跟那凡俗女人过得怎样?
可是丧失了崇拜的偶像?
您把女王推下了宝座,
自己也摔下来,神情慌张。

您过得怎样？奔波忙碌，
提心吊胆？还是理直气壮？
可怜的人，面对无休止的
庸俗纠缠，您如何抵挡？

"手脚麻木外加心律不齐——
受够了，我要找房子分身。"
并非随便找个女人就能过，
我的意中人啊，您该谨慎！

饮食是否可口，是否习惯？
即便厌烦了，别发牢骚……
您跟这一类人过得怎么样？
您可是管理过西奈半岛！

您和这当地女子如何生活？
她的身段——是否苗条？
您可敢挥动宙斯的鞭子——
羞耻心——把她管教？

您过得怎么样？身体
是否健康？是否还歌唱？
不幸的人，您怎样应付
吞噬良心的长久溃疡？

您跟那市场上的货色
怎么过？赋税是否苛刻？
欣赏过卡拉拉的大理石，
怎么能容忍石膏碎屑？……

（巨石雕刻成的神像
粉碎，已被彻底打破！）
跟一掷千金的女人怎么过？
您了解泼辣厉害的利利特！

您是否厌倦了这市场货色？
对于种种魔法是否已淡漠？
既然缺乏第六感，您跟这
世俗女人还怎么过活？

脑袋被卡住，还谈什么幸福？

您跌落深渊,深不可测——
您过得怎样,亲爱的?是否
痛苦?像我跟别的男人生活?

1924年11月19日

【题解】这首诗每一行都浸透着真实情感的痛苦,而这种情感又得到了适度的克制。茨维塔耶娃跟罗泽维奇分手大约一年之后,一次在街上偶然相遇,罗泽维奇带着他的女朋友玛丽娅·谢尔盖耶夫娜·布尔加科娃,罗有意要跟她结婚,这让茨维塔耶娃深受刺激,于是创作了这首情感复杂的诗篇。诗人把自己比喻为"女王","大理石神像",嘲讽罗泽维奇的女友是"凡俗女人","石膏碎屑",表面显得高傲,实际上流露出无奈。诗中有些词语须略加解释:据《圣经》传说,羞耻心乃是宙斯的鞭子。卡拉拉为意大利一城市,该地盛产大理石。另据《圣经》传说,利利特是亚当的第一个妻子,生性凶悍。

爱 情

似尖刀?像烈火?
谦虚点儿,何必夸张形容!

熟悉的疼痛,像眼睛熟悉巴掌,
像嘴唇——
熟悉亲生子的乳名。

1924 年 12 月 1 日

【题解】茨维塔耶娃 1924 年 10 月的草稿本中记载:"比喻:如此频繁,像母亲重复孩子的名字。熟悉的疼痛,像眼睛熟悉——手掌,像嘴唇熟悉——自己婴儿的奶名。依据全身的疼痛／我辨认爱情。"12 月份,由这几行文字将衍生出诗作《征兆》和《似尖刀?像烈火?……》。这首诗的简短凝练、比喻新颖独特,历来受人称道。

我向俄罗斯的黑麦鞠躬致敬……

我向俄罗斯的黑麦鞠躬致敬,
还有农妇们劳作的庄稼地。
朋友!我的窗外细雨霏霏,
不幸与喜悦深埋在心底……

你沉浸在雨水和灾难之中,
如同荷马寻觅六音步格律,
把手伸给我,但要等待来世,
我这里双手忙碌,无暇顾及。

1925 年 5 月 7 日

【题解】这是写给帕斯捷尔纳克的一首诗,尽管未来扑朔迷离,茨维塔耶娃却一直思念帕斯捷尔纳克,希望两个人有机会能在巴黎或者魏玛见面。写完这首诗过了二十天,5 月 26 日她给帕斯捷尔纳克写信说:"一旦我们聚首,那就真的是山与山相逢:摩西山与宙斯山相见,而不是维苏威火山与埃特纳火山见面,这一座喷出地下熔岩,那一座喷发的火焰更高,一道闪电,天空一分为二。万军之主和宙斯——合二为一。啊!"虽然抒情诗中说,要相见只能等待来世,可书信中仍然希望会面。从中不难发现诗人多变的个性与执着。

缓慢爬行的巨石……

缓慢爬行的巨石——
拼出最后的气力感谢,
感谢橡树年轻的肩膀——
然后我闭口沉默……

奄奄一息的鱼
拼出最后的气力感谢,
感谢近在身边的
强壮者,是他拯救了
潮水浪花第一朵。

遭逢旱灾的庄稼——
感谢神明,感谢奇迹,
感谢风雨的美妙手指。

多么善良啊——无助时刻,
茁壮之力救助弱者!

趁嘴唇尚未干涸——
众神,救救我!神灵,救救我!

1929年夏

【题解】尼古拉·巴甫洛维奇·格隆斯基(1909—1934),年轻的俄罗斯侨民诗人,茨维塔耶娃从1928年开始跟他交往,把他看作自己的学生,格隆斯基的诗歌创作确实受到她的影响。格隆斯基的父亲在巴黎《最新消息》报编辑部工作,茨维塔耶娃经常请求格隆斯基替她传递稿件。这个年轻人还时常陪伴茨维塔耶娃到森林散步,帮她做些家务事。几年间,他们书信来往不断,茨维塔耶娃写给格隆斯基的保存下来九十九封,格隆斯基写给茨维塔耶娃的信保存下来四十一封。1934年格隆斯基在地铁站意外死亡,茨维塔耶娃十分悲痛,撰写文章高度评价他的诗歌创作,认为在侨民界同样可以出现有才华的诗人。这首献给格隆斯基的诗,可视为诗人发自心灵的呼唤,表达了她对这个年轻人的感激与友情。这是快要下场的人感谢刚刚上场的人,是暮年感谢青春。

给一个孤儿的诗

1

高山上冰雪的皇冠——
只能烘托人生的短暂。
今天为城堡的岩石梳头——
我是有意做给常春藤看。

今天我走过条条大路,
已把挺拔的青松超越。
今天我带了一束郁金香——
如同抚摸婴儿的下巴颏。

1936 年 8 月 16—17 日

2

我用高山的视野拥抱你,
用悬崖的大理石桂冠。
(我用交谈吸引你的关注——
让你呼吸轻松,睡得沉酣。)

我用封建王侯城堡的两翼,
用常春藤长毛的手臂拥抱你,
你知道,拥抱岩石的常春藤——
有一百零四条臂膀和小溪!

可我并非金银花,不是常春藤!
你的手臂都引发我的柔情,
你不受缠绕,而是得到自由,
我的思想领地任由你驰骋!

……用圆形花圃,用圆圆的井,
石头掉进井里就待到白头!
我用孤寂生活的全部信任,

春夏秋冬孤独地把你守候!

(因此我淡褐色的头发,
掺杂了不止一根银丝!)
……我还要溪流一分为二,
形成一个岛——以便拥抱你。

用整个萨瓦省,整个皮埃蒙特,
并且——微微弯曲脊梁——
拥抱你,我用蔚蓝的地平线,
还有伸出的两条臂膀!

1936年8月21—24日

【题解】阿纳托里·谢尔盖耶维奇·施泰格尔(1907—1944),诗人,瑞士男爵之子,出生于布拉格,童年在乌克兰和俄罗斯度过,性格孤僻,是个厌世者。其早期诗歌作品弥漫着难以排解的"心灵忧伤""怀疑与痛苦",为"离开可爱的俄罗斯"而悲叹,记述"荒诞而可怕的梦境"。1936年夏天茨维塔耶娃收到了他寄来的书信和诗集,对他产生了怜爱与同情,她给施泰格尔回信写道:"如果我像母亲一样说话,那是因为这个词最动人,最具有包容性,最博大,又最体贴,而且永远不可剥夺…… 不管您愿意还是不愿意,我已经把您放在内心深处,我总是把一切可爱的人或事物放在心上。"她几乎天天给这个"儿子"写信,为他创作了包括七首诗在内的组诗,甚至还为他购买了夹克,还想到瑞士去看望他。不料,施泰格尔一次回信提到了另一个侨民诗人阿达莫维奇,表示想跟他交往。茨维塔耶娃给他回信口气严厉:"或许您心里的疾病比我想象的还要严重?您知道不知道?我每天深夜两点钟就等待着阿达莫维奇的教训——应该成为什么样的人,应该做什么事!什么样的界限不能超越!"喜怒无常的"母亲"宣告不再认这个"儿子",关系中断,孤儿依然还是孤儿。

两个人,比皮毛热……

两个人,比皮毛热,手比羽绒暖!
头颅周围有一圈光环。
但在温柔的皮毛、鸭绒下边,
您还止不住浑身抖颤!

甚至像千条臂膀的女神,
在巢穴中,星光黯淡,
一再摇晃您,轻轻哼唱:
哦,先不要睡眠……

虚幻的卧榻上吞噬您的有
蛆虫(我们真可怜!)
为福马疗伤,赠送戒指的人

尚未降生到人世间。

1940年1月7日

【题解】茨维塔耶娃回国后仅仅过了两个半月，女儿和丈夫相继被捕，惊慌失措的诗人带着儿子从内务部指定的住处逃到了戈里岑诺的创作之家，在那里她认识了叶甫盖尼·鲍里索维奇·塔格尔(1906—1984)。塔格尔研究二十世纪文学，在大学讲课，他了解也喜欢茨维塔耶娃的诗歌。1939年12月，茨维塔耶娃重新抄写了长诗《山之歌》，还把过去献给格隆斯基的一首诗，改写了题词，一并送给塔格尔，表达自己的情意。可塔格尔却有意应付或者回避她。这首诗是诗人经过几个月沉寂之后，第一次重新提笔写诗，灾难性的生活成了作品的"背景"，内心深处掩藏着惊恐，为亲人命运担惊受怕。作品写得有些怪诞难解，我们不妨说它是一支带有寓意的摇篮曲，不适合高声朗诵，诗人渴望完美的爱，情感像苦涩的海浪，一波又一波朝读者袭来。福马是《圣经》中的人物。

他走了……

他走了——我吃不下饭。
面包——也变了味道。
不管想伸手做什么，
事事都无聊。

……他曾是我的雪，
也曾是我的面包，
如今雪也不白了，
面包的味道也不好。

1940 年 1 月 23 日

【题解】茨维塔耶娃为编辑自选诗集初稿，从帕斯捷尔纳克那里拿来了诗集《离开俄罗斯以后》。塔格尔在戈里岑诺读了这本书。1 月 22 日，他休假期满，带着这本诗集回到了莫斯科，他答应把书转交给维普里茨卡娅,让她进行复制。就在同一天,茨维塔耶娃把一封亲笔信交给了他,这封书信就像一首纯粹的抒情诗,可惜她选择的人不爱她,而她离开了爱情就难以生存。跟从前一样,她依然过着双重人格的生活:一种是真正的生活,热烈的爱情,就像大地能赋予巨人安泰以无穷力量,另一种就是"地狱幽灵的生活"。她请求塔格尔单独来一趟:"我向您一个人敞开心扉,不与任何人分享。陪您一个人,一整天,还有一个很长的夜晚。"可塔格尔的冷淡让她大失所望。

时候到了……

时候到了,相对于这烈火——
我已衰老!
而爱情比我更古老!

五十个一月的
高山!
而爱情——更古老:

古老得像木贼,古老得像蛇,
古老得赛过利沃尼亚的琥珀,

古老得赛过梦幻中的船!
比石头,比海洋更久远……

然而疼痛的心火烧火燎——
它比爱情更古老,更古老。

1940 年 1 月 23 日

【题解】这首诗,从第一行到最后一行,诗中的含义不断增强,不断充实:一开始,诗人说的是自身感受,是自我体验:"相对于这烈火——我已衰老!",然后过渡到论述、归纳:"而爱情——更古老"。最后两行则是整首诗的高潮,是主题的高度浓缩,自古以来推动世界演变的恰恰是这样的情感。可惜命中注定她难以到达这个山口:五十个一月的高山。她已经四十七岁,看外表……她未老先衰,早就不再年轻。

你的岁月——是山……

你的岁月——是山,
你的时间是君王的时间。
傻瓜! 爱情比你古老,
你想谈恋爱为时已太晚:

爱情古老,胜过怪物、树根,
胜过石头修建的祭坛,
胜过克里特那些古老的勇士,
比他们古老不知多少年……

1940年1月29日

【题解】在茨维塔耶娃看来,塔格尔傲慢到了荒唐的地步。她说自己是个"傻瓜",被塔格尔害苦了。不过,她认为,蔑视别人的人就是蔑视自己,她曾感到难过,现在不难过了,此刻最重要的事就是尽快忘掉他。塔格尔失约的那个晚上,据茨维塔耶娃说,她是跟帕斯捷尔纳克一起度过的,一个电话他就来了,当时他正在写有关哈姆莱特的一首诗,放下笔就来了。雪花纷纷扬扬,两个人踏着积雪漫步,一直到深夜一点,跟过去一样,生活一下子变得轻松了许多。

我一直重复头一行诗句……

"我在桌上摆了六套餐具……"
我一直重复头一行诗句,
一直把一个词推敲斟酌:
"我在桌上摆了六套餐具"……
你忘了一个人——第七个。

你们六个人都闷闷不乐。
泪流满面,如雨水滂沱……
你坐在这张餐桌旁边,
怎么能忘记第七个来客?

你的客人们都郁郁寡欢,
没人去把水晶酒瓶触动。
客人们忧伤,你也忧伤,

未受邀请的女人最伤情。

心情郁闷自然难以开朗。
哎,大家不想吃不想喝。
你怎么竟然忘记了人数?
你怎么竟然把人数弄错?

你怎么犯糊涂弄不清楚,
六个人(俩兄弟,第三个——
是你自己,还有妻子和父母),
既然世上还有我,就有第七个!

你把六套餐具摆上了桌,
可数字六丈量不了世界,
与其在活人中当个稻草人,
我愿像幽灵为你们当陪客,

(像自家人)……
不会冒犯谁,
我像个小偷儿那样胆怯!
坐在没有餐具的位子上,

我是第七个,不速之客。

哗啦一声!碰翻了酒杯!
杯中酒浆尽情地倾泻。
洇湿了桌布流向地板——
如眼中泪水,伤口血液。

没有棺木,没有离别!
魔法解除,餐桌又复活。
像死神降临婚礼宴席,
出席晚宴的我依然活着。

……虽不是兄弟、儿子、丈夫、
朋友,可我仍然想要谴责:
"你在桌上摆了六套餐具——
却不把边上的座位留给我。"

1941 年 3 月 6 日

【题解】阿尔谢尼·亚历山大罗维奇·塔尔科夫斯基(1907—1989),俄罗斯诗人,诗歌翻译家。1940 年 10 月茨维塔耶娃看了他翻译的诗歌作品,佩服他译笔精彩,就给他写信。后来在翻译家尼·格·雅可甫列娃家里,她认识了塔尔科夫斯基。据雅可甫列娃回忆,两个诗人似乎从第一次目光接触,就闪电般产生了爱情,"玛丽娜·茨维塔耶娃的目光似乎更热切"。她还说,有一次塔尔科夫斯基和妻子一起去文学家大楼,在书市上碰见了茨维塔耶娃,塔尔科夫斯基怕妻子疑心,没有向茨维塔耶娃问好,这让她非常生气。有一天在雅可甫列娃家里,塔尔科夫斯基朗诵了自己一首情调悲伤的诗,悼念一位女友的亡灵,第一行是:"我在桌上摆了六套餐具……"这首诗给茨维塔耶娃留下了十分难堪的印象,长时间觉得痛苦、屈辱,有难以排遣的失落感,她需要一个突破口,发泄自己的情感,于是写了这首诗,这也是她平生最后一首诗。

茨维塔耶娃的女儿阿莉娅和伊丽娜

亲情篇　我种了棵小苹果树

　　茨维塔耶娃和艾伏隆生了两个女儿和一个儿子。诗人以纯情的诗句表达自己对孩子的挚爱和期望。小女儿的夭折,让她感受到撕心裂肺的疼痛。她对女儿阿莉娅并不溺爱,而是从小就培养她吃苦耐劳以及对诗歌和艺术的热爱。通过这一辑的十几首诗我们可以感受诗人对待亲人真挚的情感和她深切动人的母爱。

给 妈 妈

很多很多沉重的叮嘱
已经从心里永远消失!
我们记得你忧伤的嘴唇,
还记得你蓬松的发缕。

面对笔记本你缓慢叹息,
红宝石钻戒闪闪发亮,
当你附身舒适的小床,
微笑浮现在你的面庞。

我们记得受伤的鸟儿,
那是你内心的悲哀忧伤,
当钢琴静默没有声音,

泪珠儿挂在你的睫毛上。

1910 年

【题解】写这首诗的时候,茨维塔耶娃 18 岁,她妹妹阿霞 16 岁,母亲已经去世四年。诗人借助嘴唇、发缕、叹息、微笑、泪珠儿,这样一些细节,把妈妈的形象写得鲜明生动。女儿的依恋之情真挚动人。

给 外 婆

坚韧的长方形瓜子脸,
喇叭状的黑色连衣裙……
年轻的外婆啊,什么人
常常亲吻你骄矜的嘴唇。

在皇宫大厅,你的手
曾弹奏肖邦的圆舞曲……
你的面颊隐含着冷峻,
鬓腮纷披柔软的发缕。

目光阴沉、直率、严厉,
随时随地你都在防范,
年轻的外婆,你像谁?
这眼神不像少妇的视线。

二十岁的波兰女人，
你带走了多少情分？
又把多少未遂的心愿
埋进地底，遗恨深深？

白天无辜，风也清新，
星光熄灭使天空转暗。
外婆，我心中骚动不安，
是不是受了你的遗传？

1914年9月4日

【题解】茨维塔耶娃的外祖母有波兰血统，她的肖像曾挂在诗人父母家中。年轻美貌的外祖母二十岁就离开了人世，她的肖像引发了诗人的情思，外孙女揣摩什么人亲吻过外婆的嘴唇，这种大胆而富有想象力的笔法，只有茨维塔耶娃才写得出来。

小姑娘!……

小姑娘——舞会的女皇!
或是苦命修女,天晓得!
"几点生的?""天亮时。
五点多。"有人回答我说。

凌晨敲响的教堂钟声
迎接我的小妞妞出生,——
祈盼她忧愁中能够安静,
祈盼她长大后满怀柔情。

1912 年 9 月 5 日

【题解】1912 年 9 月 5 日早晨五点半,茨维塔耶娃的女儿阿里阿德娜(阿莉娅)伴随教堂钟声诞生。谢尔盖·艾伏隆喜欢俄罗斯名字,想给女儿起名叫卡嘉,或叫玛莎。但茨维塔耶娃执意叫阿里阿德娜。有些朋友不喜欢这个名字,说它带有"沙龙味道"。茨维塔耶娃说她七岁时写过剧本,女主人公叫安特里莉娅,从"安特里莉娅"到"阿里阿德娜",这些叫起来既浪漫又庄严的名字主宰着女儿的全部生命。"阿里阿德娜"来自希腊神话,意味着尽心尽力。

我种了棵小苹果树……

我种了棵小苹果树,
给孩子们带来欢乐,
给老人们带来青春,
给园丁带来喜悦。

我把一只白色斑鸠
引进了我的堂屋:
让小偷儿感到烦恼,
而主妇得到安抚。

我生了一个女儿——
一双蓝盈盈的眼睛,
头发明亮像太阳,
声音清脆如百灵。

让少女们心怀嫉妒,

让小伙子体验痛苦。

1916年1月23日

【题解】这是茨维塔耶娃为女儿阿莉娅写的一首诗,此时阿莉娅还不到四岁,聪明伶俐,招人喜爱。妈妈带着这只"百灵鸟",在莫斯科到处行走,她让莫斯科跟这个女孩儿的生活联系起来。这首诗语言流畅和谐,充满了母爱的柔情、欣慰、自豪以及对未来的期许。

给阿莉娅

在严酷的未来,
你要记住我们的往昔:
我——是你的第一个诗人,
你——是我最好的诗。

【题解】这是茨维塔耶娃为女儿阿莉娅写的一首诗。未来的日子确实严酷,茨维塔耶娃一家付出了惨痛的代价。阿莉娅的父亲被枪毙,母亲上吊自杀,弟弟在战场阵亡。阿莉娅两次被捕流放,在集中营被囚禁十五年。重获自由以后,她已经四十三岁。她以全副精力整理母亲的著作,为出版奔波。她牢牢记住,母亲是她的第一个诗人,她是母亲最好的诗。

亲亲额头……

亲亲额头——消解忧愁。
我亲吻额头。

亲亲双眼——治疗失眠。
我亲吻双眼。

亲亲嘴唇——如同冷饮。
我亲吻嘴唇。

亲亲额头——消解忧愁。
我亲吻额头。

1917 年 6 月 5 日

【题解】这首小诗的显著特点是:排比,以"亲亲"二字分别带出额头、双眼、嘴唇,最后两行与开头两行重复,形成环状结构,精警流畅,便于背诵,广泛流传,自有其道理。

"天鹅在哪里？"……

"天鹅在哪里？""天鹅飞走了。"
"那么乌鸦呢？""乌鸦留下来。"
"天鹅飞哪儿去？""仙鹤去的地方。"
"怎么要飞走呢？""为了保护翅膀。"

"爸爸在哪里？""睡吧，快睡吧，
我们做个梦，梦见草原的骏马。"
"带我去哪里？""去天鹅的顿河。
你知道，那里有我心爱的天鹅……"

1918 年 7 月 27 日

【题解】写这首诗的时候，茨维塔耶娃是两个孩子的母亲，她以母亲的身份，以诗人的名义，疼爱自己的两个女儿。六岁的大女儿阿莉娅跟妈妈对话,女儿提问,母亲回答。爸爸和天鹅联系在一起,此后写天鹅,写顿河,成了诗人心爱的主题。这首八行短诗,其实蕴含着长诗《天鹅营》的种子。

给阿莉娅

不知道你在哪儿我在哪儿。
同样的操劳,同样的歌曲。
这样的朋友跟你在一起!
这样的孤儿跟你在一起!

没有家,没有梦,孤苦伶仃。
我们两个人在一起真好:
两只鸟儿,刚起身,就歌唱,
两个流浪者,绕世界乞讨。

1918 年 8 月 24 日

【题解】这首诗写给只有六岁的女儿阿莉娅,是苦中作乐的歌,反映了茨维塔耶娃身处逆境开朗乐观、坚韧顽强的精神。

听着国内风暴的呼啸……

听着国内风暴的呼啸,
在这动荡凶险的一年,
我给你起名叫——和平,
给你的遗产是——蔚蓝。

走开吧,敌人,走开!
三位一体的神灵,保佑吧,
保佑永远善良的继承人,
保佑我的小女孩儿伊丽娜!

1918 年 9 月 8 日

【题解】这是茨维塔耶娃为二女儿伊丽娜写的诗,1917 年 4 月 13 日伊丽娜出生。茨维塔耶娃在笔记本里写道:"本来我想给她起名字……安娜(为纪念阿赫玛托娃)。——可转念一想,命运从来没有重复的,也就罢了。"这个不幸的小女孩儿,1920年2月15或16日,饿死在儿童保育院里,死的时候还不到三岁。

摇篮,笼罩着一片红光……

摇篮,笼罩着一片红光!
摇篮,被黑暗来回晃动!
教堂旁边战士吼声如雷……
孩子长大后将漂亮聪明。

他吮吸梁赞奶妈的乳汁,
同时吮吸了祖传的高尚:
三位一体的上帝,旗帜,
俄国国歌,俄国的空旷。

有一天面对上帝的太阳,
回想贵族与子女的义务——
摇篮,被黑暗来回摇晃!

摇篮,笼罩着一片红光!

> 1918 年 9 月 8 日

【题解】这是茨维塔耶娃给小女儿伊丽娜写的另一首诗。诗人仿佛是对命运说话,极力想让命运了解她善良的意图,但是,呼唤声中毕竟夹杂着忧虑不安。

给阿莉娅

虽然你还有父母双亲,
可你仍然是基督的孤儿。

出生在战争的旋涡里,——
约旦将是你最终的归宿。

基督的孤儿没有钥匙,
基督的大门将为你敞开。

1918 年 11 月 5 日

【题解】这是茨维塔耶娃为女儿阿莉娅写的一首诗。母亲预感到女儿的命运坎坷,盼望女儿从宗教信仰中汲取精神力量。约旦,在这里是宗教信仰的象征。

你跌倒了……

你跌倒了,我不动手搀扶,
我爱你,把你当成儿子。

所有的理想都化为压力,
我对你不娇惯也不怜惜。

我教你:对于嘴唇来说
一块烧红的铁更加有益;

年轻人要一步步上楼梯,
碰钉子比走绒毯更有利。

或许在没有星光的夜晚,
经历坎坷能转化为机遇!

我的额头宽阔的头生子,
当你还在母亲的肚子里——

很早很早就开始了练习,
但愿你确实能从中受益。

1919 年 10 月

【题解】这是茨维塔耶娃为女儿阿莉娅写的一首诗,此时她才刚七岁。母亲本身具有几分男子气概,她把女儿也当成男孩子看待,从不娇惯怜惜。孩子跌倒了,不去搀扶,认为遭遇挫折是一种磨砺。后来女儿经历的"没有星光的夜晚"非常漫长,她从法国回到苏联以后,先后两次被捕,1939—1947 在劳改营八年,1949—1955 被流放六年,她都以坚韧的意志挺了过来,重获自由返回莫斯科以后,她用了二十年时光整理母亲的遗著,撰写回忆录,直到 1975 年去世。

我的宫殿阁楼……

我的宫殿阁楼,阁楼宫殿!
请您上楼。手稿堆积如山……
当心,靠右,请您靠右边走,
楼梯上有水,下雨房顶常漏。

现在请您坐在箱子上面欣赏,
蜘蛛如何为我编织奇妙图像。
且莫听无谓的碎语闲言,
说什么女人可以不要花边!

好,我来列举我们阁楼的奇迹:
前来访问的有魔鬼也有天使,
还有贵宾,比前两者更为神圣,
刚从天庭降落,脚踩着房顶!

我的两个孩子,两位阁楼王子,
陪伴着我乐观开朗的缪斯,
我这仙境让他俩带您参观,
我来为您准备一顿鲜亮的晚餐。

"冬天怎么过?劈柴可有储备?"
"劈柴?诗人储备的是词汇!"
生火的劈柴我们一直有储存,
度过这个寒冬我们并不担心……

诗人的外壳从来都坚硬无比,
红色莫斯科跟我们毫无关系。
放眼看吧,从这边到那边,
我们的莫斯科——长空蔚蓝!

莫斯科的1919年鼠疫蔓延,
万一诗人承受太多的磨难,——
随便,反正没面包也能过活!
从房顶飞不了多久就到天国!

1919年10月

【题解】这里所说的"宫殿阁楼"就是莫斯科鲍里斯格列勃巷6号住宅顶层的阁楼。当时,茨维塔耶娃独自带着两个孩子,生活异常艰难。每天早晨,天刚蒙蒙亮,她就得起床,然后锯木头,生炉子,在冰冷的水里洗土豆,收拾房间。整天忙碌,只有到了夜晚,她才有时间写作。但诗人能苦中作乐,让生存意识超越日常生活。她自命为"阁楼歌手",把脏乱昏暗的寓所描绘成人间仙境。透过这首诗,我们能更清晰地看到诗人乐观坚韧的处世态度。

给阿莉娅

总有一天,可爱的孩子,
我将成为你的一段回忆,
在你分外深沉的回忆里,
我已在虚幻缥缈的境地。

你将忘记我高鼻梁的侧影,
忘记我眼前常常烟雾迷蒙,
忘记我随时开玩笑把人捉弄,
戴过百枚银戒指,写作不停,

我们阁楼上的船舱你会忘记,
忘记我诗稿绝妙难解的韵律……
在那可怕的岁月里超越贫穷,

你还是个小姑娘,我还年轻。

1919 年 11 月

【题解】这是茨维塔耶娃为女儿阿莉娅写的诗,在严酷可怕的岁月里,丈夫杳无音信,早慧的阿莉娅,从五岁就开始写日记,写诗,她成了母亲的精神支柱。茨维塔耶娃晚上写作时,常常抽烟,身边总是烟雾缭绕。另外,她喜欢戴银戒指、银手镯,不喜欢黄金首饰。诗人对女儿寄予期望,自有她的根据。几十年后,顽强的女儿继承了母亲的遗志,写作、翻译、绘画,整理出版母亲的著作,没有辜负诗人的期望。

家庭里的小精灵……

家庭里的小精灵,
我家孩子有才气!
诗歌创作的灵感
来自亲人的分离!

炉子里的火暖和,
可惜呀你看不见!
你是我夜晚的星,
却难在门口出现!

悬挂着你的衣服,
仿佛是禁果一般。
从阁楼窗口看见——
花园开花也凄惨。

鸽子们敲击窗户,
它们也感到悲哀!
一阵风向我问好,——
上帝与阵风同在!

没有人告诉寒风,
无人对鸽群说话——
听不见美妙声音,
亲切呼唤玛丽娜!

1919年11月

【题解】1919年11月27日茨维塔耶娃迈出了难以挽回的、悲剧性的一步。有人出主意并帮助她把阿莉娅和伊丽娜送进了康采沃保育院。家里只剩下她一个人,跟阿莉娅的离别给了她灵感,写出了这首堪称杰作的诗歌。有才气的小精灵指的是女儿阿莉娅。诗中的"你",指的是丈夫谢尔盖·艾伏隆。整首诗弥漫着哀婉忧伤的情调。

在幽暗的车厢里……

在幽暗的车厢里,
在摇晃得可怕的踏板上,
车里面挤得要死,
在昨天的奴隶之间,
我一直思念你,我的儿,
剃了光头的王子!

曾经有头发——每根头发——
论价值抵得上一个国家……
人们的爱系于发丝——
愤怒之中,一根孩子的发丝
可能把……锻造!
——儿童保育院鼠疫患者的病床上
躺着剃了光头的王子!

我的孤儿院的王子!
你能不能笑一笑?
今年下雪太多,
面包太少!

雪太多,面包太少。

踏板摇晃。

1919 年 11 月
康采沃

【题解】阿莉娅进入康采沃儿童保育院不久,就得了重病,茨维塔耶娃乘车去医院看望女儿时一路担心,写成了这首情调压抑的诗。她那有才气的"小精灵",如今成了"剃了光头的王子",躺在"儿童保育院鼠疫患者的病床上"。再加上重复出现的诗句:"雪太多,面包太少","踏板摇晃"。让人看了,不禁潸然落泪,深深同情诗人的不幸遭遇。

星光照亮摇篮……

星光照亮摇篮——星光也照亮墓地！
中间照亮成堆的蓝色积雪——
顽强的生命。——我虽是你的母亲，
我对你已经无话可说。
我的星啊！……

1920 年 1 月 4 日
康采沃

【题解】1920 年 1 月 4 日茨维塔耶娃到康采沃保育院探视身患重病的女儿阿莉娅，回来写了这几行心情沉重的诗句。

伸出两只空落落的手……

伸出两只空落落的手
抚摸一个小小的脑袋!
这样的脑袋原本两个,
上天所赐,无比可爱。

两个小生命遭遇不测,
受到厄运的疯狂威胁——
我从黑暗中夺回大的,
却没有能力保住小的。

两只手怀着柔情抚摸
两个头发蓬松的头。
两只手过了一个夜晚,
一只竟成了多余的手!

蒲公英纤细的脖子上——
开出了一朵亮丽的花!
我还没有完全明白,
我的孩子埋在地底下。

1920 年 4 月

【题解】1920年2月15或16日,茨维塔耶娃的小女儿伊丽娜饿死在康采沃儿童保育院里,当时还不到三岁。这让做母亲的痛断肝肠,愧疚自责。令人心碎的悲惨事件过去了一个多月,诗人才有勇气提起遭遇的不幸。到了春天,她才打起精神为夭折的伊丽娜写了这首安魂曲。母亲丧失婴儿,她的悲哀与伤痛弥漫天地。诗中的柔情与悲伤具有强烈的感染力。

哦,我简朴的家!……

哦,我简朴的家!贫寒的炊烟!
无论什么也比不上亲人的温暖!

在窗边,我们一起发愁苦闷,
傍晚时分,轻轻的一个亲吻,
吻的是面颊,不是嘴唇……

白天结束,锁好门,清静。
哦,夜晚没有爱也没有梦!

这是所有辛勤劳苦者的夜晚,
为了在天亮之前,鸟叫之前,

明天能抖擞精神,筋骨强硬,

好出门为自己的孩子们劳动。

哦,我知道,即便大雪飞扬,
也要让鲜花开遍我的山冈……

1920 年 5 月 14 日

【题解】茨维塔耶娃一生处于矛盾的心态,既渴望离群索居,避免与人接触,同时又期待交往,而这种交往常常让她失望,幻想有个人心地善良,可以亲近,而且近在身边,伸手能够触及,能够亲吻,然而丈夫谢尔盖·艾伏隆杳无音信,她只能强打精神,独自支撑起这个家,抚养两个孩子。

友情篇　宽阔的河床容纳我所有的河

　　茨维塔耶娃性格独特,不属于任何流派。但发自内心地敬重真正有才华的诗人,她推崇勃洛克的天才,赞赏马雅可夫斯基的力量与夸张,认为他是"创造广场奇迹的歌手",对阿赫玛托娃,既由衷敬重,又暗含竞争意识,对诗坛领袖勃留索夫,一度进行过嘲讽,但后来却撰写了充满真情的回忆性散文《劳动英雄》,细读这一辑作品,读者可以感受茨维塔耶娃与同时代很多诗人的真挚情谊。

你的名字……

你的名字是手中的小鸟儿,
你的名字是舌尖上一块冰,
你的名字是嘴唇唯一的动作。
你的名字由五个字母构成……
飞行的皮球忽然被人接住,
又像是含在嘴里的银铃。

石头沉入平静的清水塘,
鸣溅的水声仿佛把你呼唤。
夜深人静轻轻的马蹄声
呼唤你的名字如雷鸣一般。
扣动的扳机对准太阳穴,
喊你的名字,高声呐喊。

你的名字——噢,不可能!
你的名字——是亲吻眼睛,
凝滞的眼帘里温柔已趋寒冷。
你的名字——是亲吻白雪,
是一口冰凉的泉水咽下喉咙。
想你的名字,沉入香甜的梦。

1916 年 4 月 15 日

【题解】亚历山大·亚历山大罗维奇·勃洛克(1880—1921)是茨维塔耶娃最为推崇的诗人,她创作了《致勃洛克》组诗抒发自己的情感,这是七首诗当中的第一首。作品的中心意象是勃洛克的名字,围绕它的是一连串的排比,想象大胆,比喻新颖,充分表达了年轻诗人对心中偶像的崇敬之情。需要说明的一点是勃洛克(Блок)的名字原文现在是四个字母,而在俄语拼写法变革之前则是五个字母:Блокъ。

野兽需要洞穴……

野兽需要洞穴,
朝圣者要有路可走,
死者需要灵车,
每个人都自有需求。

女人需要——撒娇,
沙皇需要——统治,
而我的需要——
是颂扬你的名字。

1916年5月2日

【题解】这是《致勃洛克》组诗中的一首,前面的诗句都是衬托和铺垫,为了突出最后的两行:我的需要——是颂扬你的名字。茨维塔耶娃以此来表达对诗人勃洛克的由衷景仰。

我在莫斯科……

我在莫斯科,圆顶闪金光,
我在莫斯科,钟声当当响。
沙皇和皇后安眠在这里,
他们的陵墓排列在我身旁。

你不知道,在克里姆林宫,
呼吸顺畅胜过任何地方!
你不知道,在克里姆林宫,
我为你祈祷,从霞光到霞光。

当你在涅瓦河畔漫步,
我正站在莫斯科河畔,
低低地垂下头颅,
路灯都感到困倦。

我爱你爱得整夜失眠,
整夜失眠我把你倾听——
那时候克里姆林宫
敲钟的人已经苏醒……

可我的河——跟你的河,
可我的手——跟你的手,
难以汇合,我的欢欣,朝霞
与晚霞相逢要等到什么时候?

1916年5月7日

【题解】这是《致勃洛克》组诗中的第五首,茨维塔耶娃把彼得堡与莫斯科、涅瓦河与莫斯科河相对比,以朝霞与晚霞难以相逢来衬托,形容自己难以见到勃洛克的惆怅。

哀泣的缪斯啊……

哀泣的缪斯啊,缪斯中最美的缪斯!
哦,你呀,白夜之精灵自由放任!
你让黑色的暴风雪席卷了整个罗斯,
你的哭声利箭般穿透了我们的心。

我们急忙躲闪,唉!深深的感叹,
千万声呼唤:安娜·阿赫玛托娃!
这名字——就是巨大的叹息声,
向下坠落,跌进了无名的深渊。

我们将得到桂冠,因为我和你
脚踏同一块土地,头顶同一片蓝天!
因为你可怕的命运而受牵连的人,
将名垂不朽,躺在灵床上永世长眠。

我的城市歌声缭绕,金顶亮闪闪,
赞美上帝神圣的是流浪的盲人……
我把这钟声回荡的城市送给你,
阿赫玛托娃!附带献上我这颗心!

1916年6月19日

【题解】茨维塔耶娃创作的《致阿赫玛托娃》组诗共有十三首,这是其中的第一首。安娜·阿赫玛托娃(1889—1966),比茨维塔耶娃年长三岁,成名也更早,茨维塔耶娃敬重她,但在内心深处又渴望向她挑战。在她心目中,阿赫玛托娃是"哀泣的缪斯""白夜之精灵",是"暴风雨的驱动者,暴风雪的散播者",身上隐藏着恶魔的特征。严厉与柔和,高傲与痛苦,折磨人的寒冷与无限的优雅,所有这些难以调和的特点得到了融合,从而使她的诗产生无穷的魅力。

孩子的名字叫列夫……

孩子的名字叫列夫,
母亲的名字叫安娜。
孩子的名字含着愤怒,
母亲的名字寓意优雅。
他有一头棕红头发,
"头颅像朵郁金香!"
那就唱起赞歌来吧,
他就像小王子一样。

上帝保佑他呼吸顺畅,
保佑母亲面带微笑,
赐予他探寻者的目光——
能发现奇珍异宝。
上帝呀,你对这孩子

要倍加珍惜：
跟其他孩子们相比，
小王子更加神秘。

毛色棕红的小狮子，
有一双碧绿的眸子，
你继承的遗产格外沉重！

北方的汪洋南方的海，
黑色的珠串串起来——
命运遭际尽在你的掌握中！

1916年6月24日

【题解】这首诗是《致阿赫玛托娃》组诗中的第四首。1910年4月安娜·阿赫玛托娃与古米廖夫结婚，1912年10月他们的独生子出世，起名列夫（含义是雄狮）。茨维塔耶娃赞美了"小王子""毛色棕红的小狮子"，预见到他命运坎坷，源自"继承的遗产格外沉重"。1918年8月古米廖夫跟阿赫玛托娃离婚，儿子才六岁。1921年8月古米廖夫惨遭镇压，列夫还未满九岁。列夫·古米廖夫长大后曾三次被捕，流放边远地区，但依靠顽强自学，最终成了著名的历史学家。

你难以解脱……

你难以解脱。我是囚犯。
你是解差。命运与共。
一同走过空旷的荒原,
持有同一张道路通行证。

我的禀性还算得上安稳!
我的眼睛还算得上明亮!
在走到那棵松树之前,
解差,请你把我释放!

1916 年 6 月 26 日

【题解】这是《致阿赫玛托娃》组诗的第六首,诗中比喻独出心裁,新颖奇妙。两位诗人的关系居然成了"囚犯"与"解差"。身份不同,命运相似,共同走过空旷的荒原,言简意赅,内涵深刻。

一根细细的电线……

一根细细的电线凌驾于麦浪之上,
今天一个声音像万千声音在回荡!

过路车马的铃铛声:神圣!神圣!神圣!
上帝啊,万千话音可是对那声音的回应?

我静静伫立,我聆听,顺手揉搓麦穗,
那个声音像幽暗的穹隆把我团团包围。

我触摸的不是这些随风飘动的柳枝,
满怀恭敬——我轻轻触摸你的手臂!

在你的台阶下,许多人唱歌感到疲乏,
我看你却是大地之女,天堂的十字架!

每天晚上我只对你一个人虔诚致敬,
所有的人仰望圣像都仿效你的眼睛!

1916 年 7 月 1 日

【题解】这是《给阿赫玛托娃》组诗的第十首。茨维塔耶娃的抒情女主人公心里引发亢奋,拜倒在"全罗斯的金口安娜"面前。"我歌唱你,我们只有你一个/ 宛如空中只有一轮明月!""你是高空的太阳,让我哑然失声!"茨维塔耶娃这里描写诗人的女性形象,糅进了她的抒情女主人公的特点,其中包含"罪孽与高贵"的对比,威严与驯顺的反差。换言之,创造阿赫玛托娃的形象,重在表达自己对她的态度,茨维塔耶娃同样创造了她自己的文学形象:一个跪倒在"皇村缪斯"面前的莫斯科诗人。

赋予我双手……

赋予我双手,我把双手伸向每个人,
却抓不住一只手,双唇,用来命名,
双眼——却看不见悬在上面的眉毛,
爱情温柔得出奇,不爱也包含柔情。

这钟声比克里姆林宫的钟声更沉重,
不停地响啊,响啊,撞击着心胸,——
不允许我在俄罗斯大地上长久逗留,
什么人了解? 反正,我自己不懂!

1916 年 7 月 2 日

【题解】这是《致阿赫玛托娃》组诗的第十二首。诗人描写自己的孤独处境,无人理解。在此之前,茨维塔耶娃还从来不曾像这样尖锐透彻地自我剖析。对可见的现实形同盲人,对隐含的本质却一目了然。诗人不知疲倦的心和她不太长久的一生——是促使她灵魂逐渐变化的"无形推动力"。

你遮住了我高空的太阳……

你遮住了我高空的太阳,
所有星斗尽在你掌握之中!
哦,假如大门突然敞开,
该向你刮来多么强劲的风!

不由得喃喃自语,想发脾气,
忽然垂下视线,呜呜咽咽,
恍惚间像是回到了童年,
客人们离去,纷纷告别。

1916 年 7 月 2 日

【题解】这是《给阿赫玛托娃》组诗的第十一首。遮蔽太阳、掌握星斗、吸引强风,用以形容阿赫玛托娃的力量,抒情主人公似自愧不如,才喃喃自语,想发脾气,才垂下视线,呜咽哭泣。

给巴尔蒙特

我们面颊上红润的玫瑰
在华丽冷漠中逐渐凋谢。
只有把无袖衫拉得更紧:
我们像西班牙人一样饥饿。

什么都不可能白白得到——
倒不如去移动一座山!
在所有的古老傲慢之外——
饥饿:是新生的傲岸。

人民公敌的衣服翻过来,
彻底翻转,里子朝外,
有了葱头——才有自由,
这是我们庄重的姿态!

生活的沉重呼呼喘息,
傲慢止不住饥肠辘辘。
但愿别出现这样的情景:
洋葱头——意味着坟墓。

在天堂入口我们回答,
头顶上是一棵扁桃树:
"主啊!在人民的宴会上,
我们挨饿,像西班牙贵族。"

1919 年 11 月

【题解】巴尔蒙特(1867—1942)是茨维塔耶娃推崇的诗人,在她看来,巴尔蒙特是纯粹的、百分之百的诗人,诗歌的化身。巴尔蒙特则赏识茨维塔耶娃的非凡才华。在战乱和饥荒岁月里,两个人共过患难,茨维塔耶娃家里只有六个土豆,会分给巴尔蒙特三个;巴尔蒙特则跟茨维塔耶娃分享最后一支香烟,最后一块面包。这样的友谊一直保持了多年,流亡到法国以后,他们还经常来往。

相互竞赛的累累瘢痕……

相互竞赛的累累瘢痕
难以使我们的亲情磨灭。
我们分割得竟如此单纯:
你的彼得堡,我的莫斯科。

十分赞赏,毫无私心
我的诗神倾听你的诗神。
你的手稿每一次叹息
都掀起巨浪,思绪纷纭。

我像波兰人一样高傲,
但浪涛转瞬间化为平静——
我的诗从金光照耀的山坡
自动汇集到你的帐篷……

我这抒情诗的赞美
能否传到缥缈的太空？
女人的竖琴无所依托，
独自弹拨，孤苦伶仃。

1921 年 9 月 12 日

【题解】1921 年 8 月末或 9 月初，古米廖夫被枪毙，与此相关莫斯科出现了有关安娜·阿赫玛托娃自杀的传闻。茨维塔耶娃在一首没有写完的诗里表达了她的痛苦与友爱之情。尽管茨维塔耶娃心存友爱，却继续坚持"相互竞赛"，把阿赫玛托娃看作竞争对手，她以令人费解的方式追求诗人地位的平等。她觉得自己非常孤独，并且为此而哭泣。

致米·亚·库兹明

两道霞光！——不,两面明镜！
不,两种折磨人的疾病！
两个六翼天使画的圆圈儿,
两个乌黑的洞孔。

两面冷冰冰的镜子,
来自人行道石板,
穿越大厅数千俄里
极地在冒烟。

可怕！——火焰与幽暗！
两个深坑黑压压。
两个失眠的男孩儿
在医院里喊叫:妈妈！

恐惧与谴责,哎呀呀,阿门……
极其夸张的举动!
僵硬蒙上了一层床单——
两项黑色的光荣。

因此你要记住,河水能倒流,
石头有记忆本能!
江河与山岭再次出现,
笼罩耀眼的光明——

两颗太阳,两个炮口出现——
不,两颗金刚钻!——
地下深渊的两面镜子:
致命的双眼。

1921年7月2日

【题解】米·亚·库兹明(1875—1936),俄罗斯阿克梅派诗人,1915年冬天茨维塔耶娃在彼得堡曾见过他,1936年她在散文《非凡的晚会》中描写了跟这位诗人相见的情景。库兹明的眼睛给她留下了难以磨灭的印象。这首诗就采用了夸张、变形、联想、比喻等一系列艺术手法,刻画诗人那双非凡的眼睛。

致 信 使

铁锚的链条哗啦啦响,
前进,让住所插上羽翼!
愿你强壮,胜过祝福——
我的嘱托一直伴随着你!

年轻的海员,抖擞精神!
超越绿色的麦浪,前进!
你比福尔图娜更有法力,
因为你携带着恺撒的心!

只要我的眼睫毛一闪,
碧绿的海浪就会平息!
我的呼吸吹动你的船帆,
无须再借助什么风力!

握紧饱经风霜的手,我遥望,
别相信眼睛! 一切都是谎!
你携带的手谕千真万确,
下达圣旨的——是女王!

两个词,响亮如马刺,
两只鸟飞越战争惊雷。
我向唯一的亲人呼唤——
呼唤了何止上千回!

那的国家执法的唯有太阳,
照耀高官,也照耀穷人,
在贴身衬衫与胸膛之间——
你携带着一颗母亲的心。

1921 年 7 月 3 日

【题解】伊里亚·戈里高利耶维奇·爱伦堡(1891—1967),俄罗斯作家,诗人,茨维塔耶娃的朋友,在他出国的时候,茨维塔耶娃恳求他帮助寻找艾伏隆,并给丈夫捎了一封信。因此她把爱伦堡称呼为"信使"。安娜·萨基扬茨在传记《茨维塔耶娃:生活与创作》中不止一次谈到诗人的预见才能。她说茨维塔耶娃写的《致信使》,托付爱伦堡帮她寻找丈夫。其中的抒情女主人公以母亲、女王、主宰者的面目出现,吩咐信使传递信函。此后,茨维塔耶娃仿佛预感到期待的痛苦即将结束,她又写了几首诗,歌颂征服者戈奥尔吉,诗作富有历史感,内容相互连贯。她把自己的丈夫描绘成圣戈奥尔吉、英雄和蒙难者。

给爱伦堡

宽阔的河床容纳我所有的河——
素昧平生的人。
过路行人,双手伸向他——像伸向雪,
满怀罪恶世纪的无限热切,

尾随着行人,我也紧紧跟随,
隆隆驶过迎接的马车。
情人,可能有,也可能没有,
(长声叹息——也许是沉默!)

素昧平生的人,
可亲可爱的人,
留下过夜的人,
永不分离的人,

"不了解的人!"用蛇油烧烤
婚礼面包,没有烛光灯火。
"背叛!"——意味着脱离河床,
跑来寻找的并非我的河。

"幽会!"——万一我话语含混,
石头房子从肩头脱落!
超越离别的冲动,聚会的抱怨——
我的话滔滔不绝……

胸怀宽广的人,
不知来路的人,
跨越性别的人,
已经离开的人。

1922年2月12日

【题解】爱伦堡在国外找到了艾伏隆,茨维塔耶娃跟失散四年之久的丈夫取得了联系。茨维塔耶娃决心离开俄罗斯跟丈夫团聚,出国日期定在5月20日。抒情女主人公用纸牌占卜第一个会遇见什么人,因为在那个瞬间,无论跟谁见面,都要由她来挑选。

给马雅可夫斯基

迈过了十字架和烟囱,
在战火硝烟中经受洗礼,
跨着天使长有力的步伐——
好啊,世纪之交的弗拉基米尔!

他是车夫,他也是拉车的马,
他随心所欲,他又是法律。
叹息一声,往手心啐口吐沫:
"你要顶住喽,破碎的荣誉!"

创造广场奇迹的歌手——
好啊,傲慢姿态讨人嫌,
重量级拳手不以钻石炫耀,
他们喜欢的是向石头挑战。

好啊,鹅卵石路面隆隆如雷!
打个哈欠,得意洋洋——
再一次伸展长长的双臂——
恰似天使长沉重的翅膀。

1921 年 9 月 18 日

【题解】弗拉基米尔·弗拉基米罗维奇·马雅可夫斯基(1893—1930),俄罗斯诗人。茨维塔耶娃对他的创作赞赏有加,对他擅长夸张的艺术手法十分推崇。她写的这首诗采用马雅可夫斯基式的语言与手法,赞扬了这位"创造广场奇迹的歌手"。1928年10月马雅可夫斯基访问巴黎,住在巴黎郊区的茨维塔耶娃在《欧亚大陆》报上发表了致马雅可夫斯基的欢迎信,招致俄罗斯侨民文学界和报刊的不满,但茨维塔耶娃以此为荣,决不后悔,表现出诗人敢作敢当,始终如一的品格。

天啊,请收下我的铜币……

天啊,请收下我的铜币,
以便修建一座纪念殿堂。
没有心思歌唱一己之爱,
我是在哀悼祖国的创伤。

被膝盖磨穿的花岗岩石——
并非守财奴生锈的钱箱!
英雄和沙皇奉献出一切,
民众为正直的歌手送葬。

第聂伯河水漂浮着冰凌,
薄薄的棺材板难以阻拦,
复活节的罗斯向你涌流,
波涛翻卷似千万声呼唤。

尽情哭泣和赞美吧,心!
你哭诉千遍,泪水流淌——
就让凡俗之爱妒忌去吧,
另一种爱正在高声合唱。

    1921年12月2日

【题解】亚历山大·亚历山大罗维奇·勃洛克(1889—1921),是茨维塔耶娃最为推崇的诗人,勃洛克之死令她极度悲伤,她认为这不仅是她个人的损失,也是整个俄罗斯的损失,全体俄罗斯人都在为失去这样伟大的歌手、这样"道德高尚的人"而痛哭失声。

给阿·亚·恰布罗夫

不必妒忌,也无须赌咒,
所有的箭——都射向胸膛!
友情!——身体尚未焚毁,
最后的欲望。

内心深处,白茫茫的远方,
秋分时节,亲近的湖面,
致人死命的钢铁
三番五次翻转。

要知道:不常见,不可能!
目光锐利善于把握自己,
那一块块砖瓦如何能遮掩
闪电般的真理!

由于愤怒双手变得僵硬，
分离——是难以改变的结局，
友情！——尚未处罚的肚子
最后的诡计。

> 1922年1月21日

【题解】阿列克谢·亚历山大罗维奇·帕德加耶茨基-恰布罗夫(1888—1935)，是才华横溢的音乐演奏家，在茨维塔耶娃看来，他是很有个性，颇具吸引力的人物。这首诗就是她特意为这位演奏家创作的。1922年3月，茨维塔耶娃给爱伦堡写信说："恰布罗夫是我的朋友，头脑聪明，言语锋利，善于从生活中汲取喜剧因素……对诗歌的理解超凡脱俗，非常敏感，越是出人意料，越喜欢，喜欢到狂热的程度！他是已故的斯克里亚宾的朋友……他的面庞让人一见难忘：一双眼睛如饥似渴又饱含热情，但不是那种没有良心的热切目光。"

悼念谢尔盖·叶赛宁

……并不可惜——死得年轻,
并不难过—— 作品不算太多,——
毕竟跟我们一起过了很多日子,
献出他的歌,就献出了一切。

1926 年 1 月

【题解】谢尔盖·亚历山大罗维奇·叶赛宁(1895—1925),俄罗斯诗人。1925 年 12 月 27 日夜晚至 28 日凌晨,叶赛宁突然死亡。茨维塔耶娃听到这不幸的消息,立刻产生了一个念头:为他写一首安魂曲。1926 年 1 月初她给帕斯捷尔纳克写信,向他了解这一悲剧的详细情况,希望他尽量提供翔实具体的信息。遗憾的是,茨维塔耶娃并没有把握住这一构思,长诗未能写出来,她的笔记本里只留下了这四行诗。没有写安魂曲,写成了——墓志铭。

乡情篇　洪亮的钟声如雷霆轰鸣

茨维塔耶娃只活了四十九岁,却有十七年侨居国外。乡愁成为她创作的重要主题之一。红色花楸果、莫斯科众多的教堂、轰鸣如波涛的钟声、鲍里斯格列勃巷的梦幻居所、小城塔鲁萨和卡鲁加山冈,这些意象都引发诗人的忧思。不过,让她魂牵梦萦、念念不忘的俄罗斯,并非现实生活当中的俄罗斯,而是往昔的俄罗斯,已经消失的俄罗斯,这一点读者要稍加留意。

红色花楸果……

红色花楸果,
簇簇红似火。
树叶落纷纷,
母亲生了我。

教堂钟百口,
争鸣声不绝。
时当礼拜六,
使徒约翰节。

一直到今天,
爱好永不歇——
常嚼花楸果,
不怕味苦涩。

1916 年 8 月 16 日

【题解】这是《吟唱莫斯科》组诗的第九首。红艳艳的花楸果与响当当的钟声,是茨维塔耶娃终生喜爱的意象。钟声是莫斯科的象征,花楸树是祖国俄罗斯的象征。约翰为基督十二门徒之一。据东正教教历,9月26日为约翰节,这一天正是茨维塔耶娃的诞生日。这首诗是茨维塔耶娃个人非常喜爱的作品,1934年她在一则笔记中特别分析了诗中的一个动词:争鸣,她说,本来可以用"颂扬",也可以用"应和",但是,不,偏偏要用"争鸣",钟声为我的灵魂争鸣,我的灵魂属于所有的人,可是谁也休想得到它!(属于所有的神,但不属于任何一座教堂!)这则笔记有助于读者理解这首诗,理解诗人桀骜不驯的个性。

在彼得抛弃的城市上空……

在彼得抛弃的城市上空,
洪亮的钟声如雷霆轰鸣。

在被你抛弃的女人头顶,
轰响的钟声似浪涛汹涌。

沙皇彼得,您受到称颂!
但比您更高的是这钟声。

只要洪亮的钟声响彻天空——
莫斯科位居第一毋庸抗争。

四十乘四十,一千六百座教堂,
当当响的钟声都在嘲笑沙皇!

1916 年 5 月 28 日

【题解】这是《吟唱莫斯科》组诗中的第五首,诗人再次描写莫斯科钟声回荡,有意把这座被沙皇抛弃的城市跟沙皇彼得大帝进行对比。悠扬的钟声如雷鸣,如波涛,钟声嘲笑沙皇,维护莫斯科居于第一的位置。在诗人茨维塔耶娃内心深处,始终有一种挥之不去的情结:代表莫斯科与彼得堡相抗衡。

八月——菊花开放……

八月——菊花开放,
八月——星光璀璨,
八月——果实累累,
花楸成簇,葡萄成串,
八月——灿烂!

八月,像玩耍的儿童,
抚摸王子的苹果,
沉甸甸、芳香的苹果。
八月,仿佛巴掌捂着胸口,
以王子的名义说:
八月——让人由衷喜悦!

这个月有迟到的亲吻,

迟到的闪电、晚开的玫瑰!
星星雨纷飞——
八月!——从开始到月末,
星星雨纷飞!

1917年2月7日

【题解】诗人以饱满的激情,流畅的诗句赞美八月,赞美丰收季节。选择意象的手法似乎随心所欲,信手拈来,实际上却绘声绘色,多姿多彩,尤其是"星星雨纷飞",更是灵动绚丽,让人过目难忘。此外,"八月"一词,前后出现八次,却不觉重复累赘,反倒加强了语气和节奏感,显示出诗人运用语言的高明。

两棵树……

我家住宅对面,长着两棵树。
两棵树彼此倾心,相互爱慕。
房是老房子。树是老树。
那时我还年轻,不然的话,
我不会怜悯别人家的树木。

稍微矮小的一棵,像个女人,
伸出手臂,用尽所有的力气,
挺直树身,想跟另一棵接近,
看着那情景——真不忍心,
另一棵年龄更老,身材更高,
也许更加不幸,谁又知道?

两棵树:目睹夕阳残照,

历经风雨,历经冰雪,

经年累月,经年累月,

命定如此:一棵追求另一棵,

符合规律:一棵追求另一棵。

1919年8月

【题解】茨维塔耶娃1940年编辑自己的诗集,曾把这首诗放进《给索涅奇卡》组诗。两棵树,两棵老白杨树确实生长在莫斯科鲍里斯格列勃巷6号住宅对面,现在那里改名叫皮谢姆斯基街。从1914秋天直到1922年离开莫斯科,茨维塔耶娃一直住在那条巷子的6号。生动细致地描写两棵树的形态,借以表现人世间的爱情,词语温馨,从容亲切,这是篇富有人生感悟、颇耐咀嚼的佳作。

松 明

埃菲尔铁塔——抬腿就到!
来吧,让我们一起攀登。
我想说,我们当中每个人,
每天都见到这样的风景,

在我们看来,你们的巴黎
既不堂皇富丽又枯燥无聊,
俄罗斯呀,我的俄罗斯,
你为何这般明亮地燃烧?

1931 年 6 月

【题解】抒发思乡之情的这收短诗,表明诗人已经厌倦了埃菲尔铁塔,她说"在我们看来,你们的巴黎 / 既不堂皇富丽又枯燥无聊",接下来结尾两行借用了民歌:"俄罗斯呀,我的俄罗斯/你为何这般明亮地燃烧?"显然,这是回头遥望俄罗斯。6月的一则笔记表明,经常参加她的诗歌朗诵会的人总是八十几个,很少达到一百人,作品缺乏读者,这让诗人陷入了深深的苦恼。

祖 国

哦,艰深莫测的语言!
记住,其实也很简单——
在我之前庄稼汉唱过:
"俄罗斯啊,我的祖国!"

从可爱的卡鲁加山冈
祖国向我敞开了胸膛——
远方,相隔千里万里!
我的祖国竟成了异域!

远方像与生俱来的疼痛,
祖国与我的命运相通——
即便海角天涯走得再远,
整个祖国装在我心间!

远方是近在咫尺的天涯,
远方在呼唤:"回家吧!"
四面八方直到山上的星,
都向我发出深情的呼声!

难怪会梦见蓝色的河,
我让远方紧贴着前额,

你,砍断这只手甚至双臂,
砍不断我与故土的联系。
在断头台上我用嘴唇书写——
我的骄傲啊,我的祖国!

1932 年 5 月 12 日

【题解】有些评论家把这首诗看作茨维塔耶娃抒发爱国之情的杰作,其实作品的内涵更复杂,更深刻。1932 年 5 月,茨维塔耶娃离开俄罗斯已整整十年。除了捷克三年,她在法国居住已长达七年,用她自己的话说,在这个国家她感到寒心,环境冷漠无情,法国人只关心他们自己的事,俄罗斯人不理解她的诗。她强调说,女儿在法国长大,已经离开了她,儿子未来七到十年还需要她,此外她就一无所有了,再往后,"世上就没有人需要我了"。她从内心深处明白,不能返回祖国,不能回家:"在那里,我将失去穆尔,对他是好是坏——我不知道。在那里我的嘴将被封堵,作品难以发表,在那里他们不准我写作。"她的感觉是将身险绝境。请注意,呼唤她的是山,是河,是星,是祖国的大自然。最后一节却突然出现了意想不到的词句:"你,砍断这只手甚至双臂,砍不断我与故土的联系。"其中内涵值得读者深思。

对祖国的思念!……

对祖国的思念!早已
多次流露出的忧烦!
反正我觉得无所谓——
在哪儿我都孤孤单单。

沿着凹凸的石头路回家,
提着购物袋蹒跚而行,
我的家已经难以分辨——
不知道是医院还是兵营。

反正都一样,被俘的狮子
在人们中间鬃毛倒竖,
无端遭受某些人的排挤,
必回归内心孤身自处,

反复咀嚼个人的情感。
失去了冰雪的堪察加熊——
难以生存(我不再抗争!),
屈辱之中我苟且偷生。

我不再迷恋亲切的母语,
不再倾听母乳的呼唤。
我不在乎——陌生路人
全都听不懂我的语言!

(读者吞噬成吨的报纸,
挤牛奶的工人也被迷惑……)
二十世纪是他的时代,
但所有的世纪都属于我!

头脑迟钝,像个木头人,
在林荫路边呆呆站立,
我不在乎,我都不在乎,
而最不在乎的,或许,

或许是最为亲切的往昔。
我的所有特征、所有标志、
所有日期都被一只手撕去：
灵魂，不知飘浮在哪里。

就这样，我的家乡不爱我，
即便是最为精明的侦探，
也找不到我出生的胎记！
就连灵魂也被他搜查一遍！

所有房子都陌生，庙宇空旷，
对我都一样，我都不在乎。
但万一道路上出现灌木丛，
尤其是忽然出现——花楸树……

1934年5月3日

【题解】阅读这首诗前面的诗行，你会觉得诗人对自己所处的世界态度冷漠，然而一旦看见了花楸树，烧灼心胸的痛苦取代了漠然，这是与生俱来的痛苦，是受到排挤的痛苦，孤独的痛苦。在人生道路上痛苦时时伴随着诗人。看到路边的花楸树，诗人心中回荡的并非是乡愁，这里涉及另外的情感。茨维塔耶娃一直有怀旧情绪,她活在过去,活在往昔,活在一去不复返的岁月中。她只沉浸于自己的心灵,沉浸于心灵的源头,沉浸于自我的发源地。茨维塔耶娃说过:"祖国并非通常所说的领土,而是割不断的记忆,切不断的血脉。只有那些不把俄罗斯放在心上的人,离开俄罗斯,才会忘记她。谁把俄罗斯铭刻在心,除非丧失性命,不然就不会失去她。"诗人的这些话有助于我们理解这首诗。对于诗人来说,怀念祖国是她想要摆脱的、纠缠不清的情感。何况她所怀念的那个祖国,那个俄罗斯早已"不复存在"。

接 骨 木

接骨木布满了整个庭院!
接骨木一片绿,绿得晶莹!
翠绿胜过木桶上的苔藓,
翠绿标志着已开始了夏令!
白昼已尽——长空蔚蓝!
接骨木翠绿胜过我的眼睛!

过夜后,身披如火霞光
突然苏醒,像钟声轰鸣,
接骨木气泡般颤音不停。
浑身上下都是红色斑疹,
接骨木无论在什么季节
比你身上的麻疹更猩红……

接骨木,不要响！不要响！
没有响声嘴唇就已颤动,
与你徒劳的呼唤相回应。
让我怎能不时时把你期盼,
大地上所有的浆果之中——
你有毒！谁也不敢食用！

接骨木,受酷刑,受酷刑！
鲜血流淌把花园都染红,
青春的血啊,纯洁的血,
鲜血染枝条,枝条红似火,
血液中最为欢乐的血液:
心灵的血,属于你和我……

然后——雁队飞过长空,
然后——渐飞渐远背影,
"孩子们,扭回头来看吧！"
那一所房子已不见踪影,
道路拐弯处接骨木树丛
任寒风吹袭愈加孤零零……

接骨木,血样红!血样红!
整个家乡在你的魔爪中!
接骨木,我的童年被你掌控!
接骨木,在你跟我之间,
似乎有种犯罪般的激情……
我真想以接骨木来命名——

世纪病……

1931年9月11日至1935年5月21日

【题解】这首诗蕴含着生活的悲剧性寓意。接骨木浆果的成熟,并非渐进、平稳的成长,而是突发性的沸腾与爆炸。从安静的,仿佛永无尽头的鲜嫩翠绿,突然爆发出成熟的响亮与火焰。接骨木是生存之树的象征,由它滋生出无数的个体生命都注定要走向毁灭。接骨木夏天生长,从秋天开始浆果凋落,逐渐死亡。这是人的生命,更具体地说,是双重的生命在人生的熔炉里经受苦难折磨,这里的暗示近乎透明。厄运主宰着诗人和他的人生旅伴。这从茨维塔耶娃的苦难履历可以得到证明。这首诗节奏明快,色彩浓烈,语言运用有密度、有气势,凸显了茨维塔耶娃的创作个性,因而被视为她的名篇杰作。此外还有必要说明一点,作品并非一次完成,最后一节是经过反复修改,几年之后定稿时才加上去的。

诗情篇　我是凤凰,只在烈火中歌唱!

作为诗人,茨维塔耶娃超脱于任何流派,不受传统观念拘束,以超前的意识呼唤未来的读者,期待他们的理解。诗人拥有崇高的使命感,特立独行,勇于突破禁忌。她认为,诗歌创作是超脱于爱情的更加伟大的事业,而爱情,实际上却是创作永恒的动力。"每行诗都是爱情的产儿",有爱才有诗。诗人清醒地意识到诗歌创作中面临的困境:"心要面对地狱和祭坛,心要面对天堂与丑陋。""烈火",是茨维塔耶娃由衷喜爱的意象,一再出现在她的抒情诗和长诗当中,诗人一支笔似有火山爆发的威猛,熔岩翻腾的壮丽,就笔力雄劲、气势磅礴而言,无人匹敌,罕逢对手。诗人愿让生命熊熊燃烧,烧成灰烬,以此使别人的黑夜变得光明。

祈 祷

基督和上帝！目前,此刻,
一天刚开始,我渴望奇迹！
全部生活对于我就像书本,
噢,倒不如让我就此死去。

你明智,你不会严厉地说:
"忍耐吧,还不到死亡日期。"
你亲自赐予我的已经太多！
我渴望立刻出现万千机遇！

像茨冈人那样,渴望一切:
唱着歌儿抢劫东奔西走,
冒着炮火厮杀为所有人受苦,
像亚马孙女人投入战斗;

在黑色塔楼上推算星象,
穿过黑夜,带领孩子们潜行……
愿昨天能变成传奇故事,
愿每一个日子都疯狂放纵!

我爱十字架、丝绸、盔形帽,
我的心倍加珍惜瞬间的遗迹……
你赐给我童年,美好的童话,
就让我死去吧——死在十七!

1909 年 9 月 26 日
塔鲁萨

【题解】1909 年 9 月 26 日是茨维塔耶娃十七岁的生日,这首诗预示着诗人的未来。十六岁的时候,她给彼得·尤尔凯维奇写信曾坦然承认,趁着还没有追求安逸,尚未"堕落",特别渴望早一点儿死亡。从另一角度分析,《祈祷》是诗人伸展羽翼的尝试,隐含着生活与创作的志向。"我渴望立刻出现万千机遇!"意味着诗人的创作多姿多彩,其中首要特色之一将是浪漫主义的变形,把昨天的事件,甚至包括今天的事件,变形为传说;不仅将时间、事件变形,还让令她关注的人,包括她自己,统统发生变形。因此,这首诗是茨维塔耶娃的第一篇创作宣言。

两 种 光

阳光？月光？何处寻觅
智慧之园？无力探访！
我祈求银色的月光，
我热爱明亮的阳光！……

阳光？月光？徒劳的争执！
心灵，捕捉每个光斑！
每次祈祷包含爱，而祈祷
在每次爱心中蕴含！……

我只知道，烛光可怜，
逝去的人难以生还！
别无选择，我只能爱——
爱两种光线！……

1910 年夏

【题解】这首诗写于德国,展示了年轻诗人的矛盾心理与追求。阳光与月光——哪一种更让人喜欢?"银色的光祈祷上苍,而明亮的光爱得温柔。""别无选择,我只能爱——爱两种光线!"太阳和月亮永远不会相逢,这将成为长诗《少女王》(1920)的中心主题。

我忘了,您的心……

我忘了,您的心只是夜晚的小灯,
不是一颗星! 竟忘得干干净净!
忘记了您的诗抄自书籍,
而批评——源自妒忌。
早衰的老人,您又在短暂一瞬
让我觉得仿佛是个伟大的诗人……

1913 年 2 月

【题解】诗中的"您",指诗人勃留索夫(1873—1924)。他对茨维塔耶娃的第二本诗集《神奇之灯》曾给予尖刻批评,这让年轻诗人耿耿于怀,因而写诗进行嘲讽。这首诗深深刺痛了勃留索夫。他有一篇短文(1913 年,未公开发表),论述年轻诗人的创作,开头说:"作为批评家我受到许多人的严厉指责,指责我对年轻诗人的作品过于严酷无情;他们甚至从中看到了嫉妒心。一位女诗人写出了这样的诗句,说我的全部诗歌创作'抄自书籍,而批评——源自妒忌……'"多年之后,茨维塔耶娃写了《劳动英雄》,怀念勃留索夫,对这位诗人进行了客观公允的评价。

我的诗……

我的诗啊写得那样早,
连我都不晓得自己是诗人,
情思涌动像喷泉水花飞溅,
又像是焰火绚丽缤纷;

我的诗像闯进圣殿的小鬼,
殿堂里缭绕着梦幻与神香,
我的诗赞美青春与死亡——
无人诵读,无人吟唱;

散落在各家书店积满灰尘,
过去和现在都无人购买,
我的诗像珍贵的陈年佳酿,

总有一天会受人青睐。

> 1913年5月
> 科克捷别里

【题解】二十岁的茨维塔耶娃对自己未来的命运做出了预言：难以被人理解，无人给予应有的评价。展望未来的生活，她的心总是遭受误解，爱情遭遇挫折，创作受到冷落。从另一角度着眼，这首诗凸显了诗人特立独行的个性，像小鬼一样敢闯神圣的殿堂，勇于突破禁忌。作为诗人，超脱于任何流派，不受传统观念拘束，以超前的意识呼唤未来的读者，期待他们的理解。这首诗是《寄一百年以后的你》的先声与雏形，也是诗人早期诗歌的杰作之一，作曲家肖斯塔科维奇（1906—1975）曾为之谱曲，使它获得了更加广泛的影响力。

致 拜 伦

我想象您霞光般的荣耀,
想象您岁月的早晨,
当您像恶魔从梦中醒来,
上帝一样俯视众人。

我想象您扬起的双眉,
贴近目光如炬的眼睛,
想象您名门望族的血液,
岩浆般在血管里面汹涌。

我想象您纤长的手指,
把波浪式的头发梳拢,
想象无数眼睛把您期盼,
不管在林荫道还是客厅。

我想象您无暇顾及,
那些心灵还过于年轻,
月亮升起赞美您的荣耀,
月亮降落无损您的光荣。

我想象大厅半明半暗,
想象垂向花边的天鹅绒,
想象您为我讲解诗歌,
我把自己的诗为您朗诵。

我还想象一抔尘土,
曾亲近您的嘴唇和眼睛,
想象那些人,想象我们,
所有眼睛都会埋入坟茔。

1913年9月24日
雅尔塔

【题解】 茨维塔耶娃具有语言才能,从小就能说德语和法语,阅读西欧诗歌,喜欢拜伦的作品。这首诗在赞美大诗人拜伦的同时,也清晰地表达了诗人的志向与追求:强烈的自我肯定。她渴望在诗人中间,在诗坛上确立自己的位置。

这些诗写得匆匆忙忙……

这些诗写得匆匆忙忙,
痛苦和柔情使得它们倍显沉重。
贯穿着爱,因爱而受惩罚,
我的时刻,我的岁月,我的一生。

我听见世界某地有狂风暴雨,
亚马孙人又在投掷梭镖。
两朵玫瑰正吮吸我心中的血——
"这一支笔我怕抓不牢!"

1915 年 12 月 20 日
莫斯科

【题解】这首诗仿佛是诗人对早期诗歌创作的总结,她的诗,"贯穿着爱,因爱而受惩罚";诗行中又回荡着象征性的严峻音调,担心战争会剥夺其写作权利,"这一支笔我怕抓不牢!"这里附带谈一点翻译感受,俄语单音节词汇不多,但茨维塔耶娃在第四行连续使用了十个单音节词:Мой миг, мой час, мой день, мой год, мой век. 这无疑是向译者提出的挑战。逐词翻译显得冗长烦琐,只有变通处理,才能以局部牺牲换取整体的和谐。

普 叙 赫

1

并非仆人,我并不需要面包,
并非不速之客,我回到了家园。
我是你的爱,你礼拜天的休息,
是你的第七日,是你的七层天。

在人间,有人施舍我一文钱,
就在我的脖子上挂个磨盘。
"亲爱的人儿,难道你不认得?
我是普叙赫,是你的春燕!"

2

给你,亲爱的,这破衣烂衫,
从前美如肉体,也曾是盛装。
一切都撕碎了,毁坏了,——
留下来的只有这双翅膀。

求求你,救救我,救救我吧,
为我重新打扮再现辉煌。
这些破烂不堪的衣物,
请送到法衣室里去贮藏。

1918年5月13日

【题解】依据希腊神话传说,普叙赫为世人灵魂的化身,通常被描绘为蝴蝶或带有蝴蝶翅膀的少女,她与代表肉体的夏娃适成对照。另据《圣经》传说,上帝创世的第七天,造出了第一个人亚当,然后用亚当的肋骨又造出了第一个女人夏娃。茨维塔耶娃向往灵魂的化身普叙赫,却又难以摆脱代表情欲的夏娃的纠缠,时刻处在矛盾与冲突之中。在这首诗中,普叙赫清晰、纯洁的声音代替了宣言。公允地说,这样的诗属于诗人的杰作。她写心灵,写崇高的爱,写诗人的使命。日后这一类主题的诗作一直受到读者的赞赏。

乌黑的天空显现词句……

乌黑的天空显现词句——
美丽的眼睛已经哭瞎……
我们不惧怕临终的灵床,
我们不留恋情欲的卧榻。

流着汗写作,流着汗耕耘!
我们熟悉那强烈的心愿:
仿佛头顶闪烁轻柔的光,
悄悄来临了诗歌的灵感!

1918 年 5 月 14 日

【题解】 这一首诗,抒情女主人公要在日常生活,或者更宽泛地说,在现实生活与生存意识,与诗人的崇高使命之间,即在灵魂与肉体之间,必须做出抉择。只有摆脱情欲的卧榻,诗歌的灵感才会悄然降临。

我赞美每个白天的劳作……

我赞美每个白天的劳作,
我赞美每个夜晚的睡眠,
赞美上天的规律,石头的规律,
赞美上帝的恩泽与上帝的审判。

赞美我有灰尘带洞孔的红外衣,
赞美风尘仆仆的手杖洒满阳光……
还有,上帝,我赞美别人家的
世界,面包放在别人家的火炉上。

1918年5月21日

【题解】这首诗体现了诗人的宗教情感,对上帝的敬畏、感恩与虔诚。诗人对十月革命后的社会环境难以适应,落满灰尘的外衣还有空洞,反映了生活的艰难,因而感觉失去了自己的家园,像生活在别人家的世界,面包放在别人家的火炉上。

临终时刻,我不说……

临终时刻,我不说:我曾活过。
我不惋惜,不追究什么人的过错。
超越情欲的风暴、爱情的功勋——
世界上还有意义更加崇高的事业。

你——用翅膀叩击我的胸膛,
你是给我带来灵感的年轻使者!
我愿意吩咐你说——来吧!
我愿听从你的旨意,永不推脱!

1918 年 6 月 30 日

【题解】这是茨维塔耶娃渴望表达的重要主题——诗人的崇高使命感。只有挣脱了情欲的束缚,灵感才会贴近心灵。她认为,诗歌创作是超脱于爱情的更加伟大的事业,而爱情,实际上却是创作永恒的动力。

贪婪的烈火——我的骏马!……

贪婪的烈火——我的骏马!
它不爱嘶鸣,马蹄也不蹬踏。
我的骏马呼吸之地,泉水不再汹涌。
我的骏马奔驰之处,青草不再滋生。

哦,烈火,我的骏马,永远吃不饱!
哦,骑士跨上烈火骏马愿永远奔跑!
头发与火红的马鬃一起飘扬……
在寥廓天空划出了一道火光!

1918年8月1日

【题解】这首诗中的主要意象为"烈火"与"骏马",两者时分时合,都是诗人精神追求的象征。诗人像英雄一样,渴望经受"烈火的考验"。似乎烈火骏马能给她带来创作的灵感。这首诗是诗人未来创作长诗《跨上红骏马》的先声。

每行诗都是爱情的产儿……

每行诗都是爱情的产儿,
是一贫如洗的私生子。
头生子产在林荫道边,
向四面来风鞠躬行礼。

心要面对地狱和祭坛,
心要面对天堂与丑陋。
父亲是谁?可能是国王,
可能是国王,也许是小偷。

1918 年 8 月 14 日

【题解】"每行诗都是爱情的产儿",有爱才有诗。这是很多人都明白的道理,但是很多人未必明白,诗人在创作中面临的困境,

"心要面对地狱和祭坛/ 心要面对天堂与丑陋"。诗的父亲是谁?这问题突如其来。可能是国王,也许是小偷。这答案出乎意外,这是诗人独到的发现。

诗句生长……

诗句生长,像星星,像玫瑰,
像家庭不需要的动人之美。
至于桂冠及那些壮丽的颂歌——
我只回答:要这些干什么?

我们酣睡,天外来客化作四叶草,
穿过石板缝隙出现在大地。
世人啊!你可知道,诗人在梦中
发现星星的公式及花朵的规律。

1918 年 8 月 14 日

【题解】丁香开花,只有四瓣,俄罗斯人喜欢寻找五瓣的丁香花;三叶草只有三片叶子,俄罗斯人喜欢寻找四片叶子的三叶草,据说谁能找到五瓣的丁香花或者四片叶子的三叶草,谁就能找到幸福。茨维塔耶娃有一天带着女儿阿莉娅散步,阿莉娅居然在石板缝隙里的三叶草中间找到了一棵四叶草,她送给妈妈,妈妈对她说"谢谢!",并把这株四叶草夹在笔记本里留作纪念。细读这首诗,不难发现,真正的诗人无心追求桂冠,也不歌功颂德,而志在发现世界的奥秘。

假如心能生长一双翅膀……

假如心能生长一双翅膀——
又何苦计较官邸或茅草房!
何必怕成吉思汗,怕匪帮!
我活在人间有两个仇敌,
两个难分难解的孪生兄弟——
饱汉子太饱,饥汉子太饥!

1918 年 8 月 18 日

【题解】茨维塔耶娃充满激情,关切生活中各种各样的现象,甚至包括那些可恶的现象,一律给予热切的关注。因为她在看来,对于卑劣事物的蔑视,正是爱的另一面——它通向崇高。诗人永远持这种态度。关于这一点她将不停地写,写进诗歌,写进散文,写进书信。这短短的六行诗成了有名的杰作。

别人不要的东西……

别人不要的东西,统统给我:
我的烈火注定要焚毁一切!
我既吸引生命,也召唤死亡,
把这微薄的礼物献给烈火。

火焰向来喜欢轻盈的物质,
去年的干树枝、花环、言语。
有了类似的养料火焰更猛烈!
等你们站起来,比灰烬还纯洁!

我是凤凰,只在烈火中歌唱!
请你们珍惜我高贵的生命!
我熊熊燃烧,我烧成灰烬!
但愿你们的黑夜能变得光明!

寒冰的篝火燃烧如喷泉！
我要巍然屹立挺直腰板，
我是交谈者，也是继承人，
我无比珍惜这崇高的头衔！

1918年9月2日

【题解】"烈火"，是茨维塔耶娃由衷喜爱的意象，一再出现在她的抒情诗和长诗当中，诗人一支笔似有火山爆发的威猛，熔岩翻腾的壮丽，就笔力雄劲、气势磅礴而言，无人匹敌，罕逢对手。一行"我是凤凰，只在烈火中歌唱"，足以概括其一生。诗人愿让生命熊熊燃烧，烧成灰烬，以此使别人的黑夜变得光明。诗人珍惜的头衔是"交谈者"，是"继承人"，谁的继承人？普希金的继承人！因为普希金在《先知》一诗当中曾描写，上帝用剑剖开诗人的胸膛，掏出怦怦跳动的心脏，又把熊熊燃烧的炭火，一下子放进他的胸腔。并向诗人发出呼唤："喂，起来吧，先知！／你要亲自去听，去看／你要去完成我的意愿／五洲四海，走遍人寰／用语言去把人心点燃。"

寄一百年以后的你

再过一百年以后,你
才会呱呱坠地降生人间,
我注定死亡,像从地心深处——
喘口气,为你谱写诗篇。
"朋友,不必找我!时代转换!"
即便老年人也早把我忘在脑后。
嘴唇够不着亲吻,隔着忘川
我向你伸出双手。

我看见你的眼睛像两团篝火,
朝我的坟墓,朝地狱闪耀——
望着手脚僵硬的那个女人,
一百年前她命断魂消。

我手中的诗卷,几成灰尘!
我看见:你顶风冒雪,
苦苦寻找我出生时的宅院,
寻找我临终住的寓所……

你望着迎面而来欢笑的女人,
深感荣幸,我听见你说:
"一帮应召女郎,全都是死人!
只有她一个人活着!"

我心甘情愿为她效力!她喜欢
珍藏戒指,我了解所有的秘密!
一群盗墓贼!你们戴的指环
全都是偷盗她的东西!

哦,我的百枚戒指!我头一次
悔恨又遗憾,渴望生机再现,
那么多戒指我随随便便送了人,
等不到你,错失了机缘!

还有一件事让我心酸,今晚

尾随西沉的太阳,长途跋涉,
就为了终于能够跟你相见——
我穿越了整整一百年。

我敢打赌,你在昏暗的墓地
一定会诅咒我那些伙伴:
"任人亲吻!可没有一个人
肯送件玫瑰红的衣衫!"

"有谁比她慷慨?"不,我很自私!
既然不受伤害,我也不必隐瞒,
我曾恳求所有的人给我写信,
以便夜静更深亲吻信函。

说不说?说吧!寂灭——也是假定。
如今在客人当中你对我最为多情,
拒不接受众多情人馈赠的珍珠,
你对荒冢遗骨情有独钟。

1919 年 8 月

【题解】诗人穿越一百年"分离阻隔的岁月",面向未来能够理解她、热爱她的读者说话。这首诗的意义远远超越了它的构思。人世间这样的女人很少,也不怎么招人喜爱,但是她知道,当她离开人世以后,将来肯定有人喜欢她。她为身后的荣耀倍感兴奋:"一百年以后有人认为她是唯一的、值得热爱的女人。"

我幸福因活得美好又简单……

我幸福因活得美好又简单——
像太阳,像钟摆,像日历。
深奥——如上帝的所有造物,
我是身材苗条的尘世修女。

记住,精神是我的伴侣,我的导师!
进入其中无须禀报,像光,像视线。
生活如同写作:美好又简洁——
有上帝指引,朋友们却不以为然。

1919 年 11 月

【题解】茨维塔耶娃终其一生处于物质生活艰难,追求精神高尚的矛盾之中。她认为创作是美好的,生活要求很简单。她说这种生活像太阳,像钟摆,像日历。她把自己比喻为尘世修女,把精神视为伴侣和导师,认为进入精神领域极其自然,像光,像视线一样。这正如她女儿阿莉娅说的:拥有百万富翁的精神,过的却是乞丐的生活。

礼拜六与礼拜天之间……

我像一只柳莺,悬挂在
礼拜六与礼拜天之间。
一个翅膀有银色花纹,
另一个翅膀有金色斑点。

开心娱乐和忙碌操劳
一对一分成了两半——
我的白银是礼拜六!
而我的黄金是礼拜天!

既然忧郁渗入了血管,
皮肤粗糙不合心愿,——
意味着我从右侧羽翼
撕下羽毛血迹斑斑。

既然血液已再次苏醒,
悄悄地在体内循环,
就是说我该转向世界,
展示金黄色的一面。

尽情享乐吧,不用多久
鸟儿消失在遥远的天边——
你们的鸟儿有七彩羽毛,
我的柳莺有金箔银片。

1919年12月29日

【题解】茨维塔耶娃喜欢礼拜六,不喜欢礼拜天,在生活中看重银子,蔑视黄金。礼拜六、银子、右翼(右手——是天堂)、操劳、忧愁、心灵、普叙赫——都属于诗人推崇的事物。而礼拜天、金子、左翼(左手——是地狱)、娱乐、血液、尘世女人、有罪的夏娃——则受到诗人的轻蔑。两种因素相反相成不可分割。我们还记得:"宛如一右一左两只翅膀/ 我们相濡以沫温馨欢畅。"这首诗表达了抒情主人公心中相互冲突的两重性,属于诗人优秀诗篇之一。

我知道，我将在霞光中死去！……

我知道，我将在霞光中死去！早霞或晚霞，
二者必居其一，遗憾的是难以预期！
哦，盼只盼，我的火炬能够熄灭两次！
伴着晚霞隐退，在朝霞中再次消失！

我——天的女儿！跳着舞步走过大地！
满围裙兜着玫瑰花！不践踏任何幼芽！
我知道，我将在霞光中死去！我有颗
天鹅的心灵，上帝不会给我鹞鹰之夜！

温柔的手轻轻移开未经亲吻的十字架，
我向往慷慨的天空，感谢最后的慰问。
划过了霞光——也划过了回报的微笑……
"在临终前的喘息中我仍然是个诗人！"

1920 年 12 月

【题解】茨维塔耶娃写这首诗的时候,正在创作长诗《跨上红骏马》,烈火与骏马是其中最重要的意象。这首抒情诗展现诗人的命运,诗人注定要伴随霞光陨灭,早霞或者晚霞,二者必居其一。但诗人渴望生命出现奇迹,熄灭一次,再度燃烧,每次生命都和光明联系在一起。

七天的七啊……

七天的七啊,
我来赞美你!
我也赞美蛇,
蛇有七层皮!

一层皮空空——,
礼物送大地,
一个树桩上,
挂张旧蛇皮。

旧皮已蜕掉——
期盼新皮生!
过路行人啊,
旧皮投火中!

待到需要时:
重新长新皮!
好让旧袈裟
消失无踪迹!

日子变陈旧,
抛弃不可惜!
我们法衣内——
孕育七乘七!

1921年9月16日

【题解】富有魔力的"七"是茨维塔耶娃心爱的数字,她的抒情女主人公能从神奇的"七"汲取力量,就像蛇蜕去旧皮长出新皮一样,她不害怕抛弃旧"我",以新的面貌出现。她匆匆忙忙地生活,也就是不断地告别往昔。茨维塔耶娃曾经写道:"一切都比别人早,十三岁为革命痴迷,十四岁让巴尔蒙特惊奇——现在,二十九岁……终于要告别青春了。"

高傲和怯懦……

高傲和怯懦——是对亲姊妹,
她们在摇篮边友好地相会。

"脑门昂起来!"高傲感到快乐。
"目光要下垂!"怯懦悄悄地说。

我就这样走过:低垂着眼睛,
高扬起前额——高傲又胆怯。

1921 年 9 月 20 日

【题解】茨维塔耶娃的女儿阿莉娅说过:"妈妈拥有百万富翁的精神,过的却是乞丐的生活。"精神生活富有,物质生活贫困,的确是诗人终生面对的矛盾。谈到自己的诗歌,诗人足以自豪,可以傲视诗坛;一旦涉及日常生活,不得不经常求助于人,诗人就变得怯懦。要理解这首诗,或许这是一条途径。

忘川盲目流淌……

忘川盲目流淌哗哗有声。
你的责任:融入忘川之中,
呜呜咽咽,喃喃自语,
勉强挣扎在银色柳林里!

银色柳林在嘤嘤哭泣……
溶入盲目流淌的记忆
之坟茔——筋疲力尽!
躲进哭泣的银色柳林。

肩膀披上银灰色旧斗篷,
肩膀缠上银色干枯常春藤,
筋疲力尽!你躺在身边,
盲目飘散的神香幽暗

泛红……
由于衰老的红,
由于紫红,在记忆当中
发灰,由于饮尽之后——
我只能在干涸中涌流。

流淌混浊:血管伤痛,
流淌吝啬,西维拉年轻
盲目,头脑疲惫困倦,
白发苍苍:沉重如铅。

1922年7月31日

【题解】这是茨维塔耶娃离开柏林前夕写的一首类似占卜算命、带有"魔法色彩"的怪诗,诗行中透露出告别、宽恕、孤独、决绝、倦怠相互交织的复杂心绪。忘川,又称勒忒河,地狱里的一条河,喝了忘川水,就会忘却人间和世事。西维拉,希腊神话中的女预言家。

西 维 拉

1

西维拉:烈火焚烧,西维拉:树干。
所有的鸟儿都死了,然而上帝出现……

西维拉:尽情畅饮,西维拉:干旱。
所有的血管都已干瘪:丈夫凶悍!

西维拉:已经远去,西维拉:命运
与毁灭的喉舌!少女们尊崇的树神。

森林中光秃秃的巨树之王——
大火燃烧发出呼呼的声响。

随后过了几个世纪,分崩离析,
干涸的河床上空浮现出上帝。

突然,向内搜寻一无所获,绝望:
心灵与声音失落:我心潮激荡!

西维拉:不朽! 西维拉:苍穹!
报喜节就这样出现,成为传统,

童贞易逝,青草灰白凋谢,
神奇之声来自隐秘的洞穴……

西维拉就这样化为星星的旋风:
离开世人,消失得无影无踪。

(节译)

1922年8月5日

布拉格

【题解】西维拉,希腊神话中的盲人女预言家。茨维塔耶娃多次描绘这个形象。1919年她笔下的西维拉"满怀柔情与愁情"、羡慕别人的青春。1921年写的西维拉,了解年轻人幻想得到荣誉,而荣誉不过是过眼云烟。那两个西维拉都紧闭嘴唇,沉默不语。如今在捷克再次写到西维拉,却是付诸行动的预言家,这个西维拉不仅开口说话,还放声歌唱。大树的树心在烈火中焚烧,得到解放的空间充满了声音。这个形象使人想起以生命之火进行祭奠的诗人,想到普希金塑造的先知:"他用剑剖开我的胸膛/ 掏出怦怦跳动的心脏/ 又把熊熊燃烧的炭火/ 一下子放进我的胸腔。"跟往常一样,在茨维塔耶娃笔下,烈火熊熊燃烧的内心感受与体验全部转化为诗歌创作的"材料",不朽的诗行飞腾向上,追求永恒。

时 间 颂

——给维拉·阿莲斯卡娅

匆匆逃跑的马路!
尖叫着——急速奔驰,
像车轮飞速旋转。
时间啊! 我来不及。

在年鉴中,在亲吻时
无意之间被擒获……
像沙子被流水冲洗……
时间啊,你欺骗我!

皱纹的车辙,像钟表的
指针,——和美国的
新秩序……陶罐空空!

时间啊,你测量我!

时间啊! 你出卖我!
像荡妇——丢失了新装……
"但愿是我们的时刻!"

"你乘坐的列车,
有另外的运行路线!……"

因为我在时间之外
出生! 你白白奋战!
做一个小时的帝王:
我超越了你! 时间!

1923 年 5 月 10 日

【题解】诗人对自己内心的挖掘越来越深。诗人与她生存的世界互不相容,诗人与她注定生活于其中的时代充满了矛盾,这种主题的音调越来越悲惨,越来越绝望。富有创造性的诗人难以继续生存,时间成了冷漠的杀手,从身旁疾驰而过,它依据自己的规则改变世界,让诗人无容身之地。但顽强的诗人决不屈服,她拼命抗争,要超越时间,哪怕做一个小时的帝王也好。维拉·亚历山大罗夫娜·阿莲斯卡娅(1895—1930),是茨维塔耶娃的中学同学,后侨居巴黎,1925年诗人移居法国以后,跟她时有来往。

悄 悄 窃 取

或许,要战胜时间,
战胜地心的吸引力——
最好行踪不留痕迹,
最好走过去不在墙上

留下影子……
或许,用拒绝
索取?从镜子中消失?
像莱蒙托夫躲进高加索,
悄悄行走,不惊动岩石。

或许——最好的娱乐是,
塞巴斯蒂安·巴赫的手指
不去触动风琴的回声?

粉碎,骨灰不留在陶罐里……

或许——用欺骗去
夺取？从空阔中消除名字？
比如:把时间看作海洋,
不惊动海水,偷偷沉潜海底……

1923 年 5 月 14 日

【题解】这首诗隐含着诗人深刻的思想:诗人天才的"相对论"。根据这种理论,时代不仅是过渡的(短暂的),不仅是模糊的(不确定的),而且还是有条件的、虚拟的范畴。诗人不必相信时代,进而更可以让它从属于个人的生存意识:"搭乘另有追求的列车!"难怪茨维塔耶娃那么喜欢莱蒙托夫说过的一句话:"无须为时代花费气力。"卓越的俄罗斯诗人莱蒙托夫(1814—1841)写过"别了,污秽的俄罗斯!"表示他决意躲进高加索,逃避那些无所不见的眼睛,无所不闻的耳朵。约翰·塞巴斯蒂安·巴赫(1685—1750),德国作曲家,被誉为"现代音乐之父"。

航 海 者

大海把我的独木舟摇晃!
头脑厌倦了汹涌的波浪!

奢望在码头长久地停靠,——
头脑因情感起伏而疲劳:

颂歌、桂冠、英雄、祸患——
头脑因钩心斗角而疲倦!

您处在青草与针叶之间,——
头脑厌烦了无谓的争端……

1923 年 6 月 12 日

【题解】这首诗以航海者的形象比喻诗人。社会生活犹如大海波涛,令诗人感到厌倦,她不想歌功颂德,也无意追求桂冠,唯独置身于大自然青草与针叶之间,心灵才坦然平静。

"你的诗,没有人要"……

"你的诗,像老奶奶的梦,
你的诗,没有人要。"
"可我们为别的人做梦,
想把另外的时空寻找。"

"你的诗写得太无聊,
就像老爷爷的叹息。"
"可是我们望见了
崭新的世纪。"

"用五年——走遍全世界,
这就是我们的梦想!"
"你们只想到了五年。
我想的却是:五百年时光。"

"跟着岁月走吧!"
"岁月从身旁流过……"
"跟随我们走吧。"
"盲人是你们的引路者。"

诗歌在俄罗斯
究竟还能不能存在,
该去问问江河,
该去问问子孙后代。

1931年9月14日

【题解】真正的诗人,得不到同时代读者的理解,但是诗人坚持自己的创作理念:既回眸往昔,又瞻望未来。诗人与时代之间存在着矛盾,具有"犯罪般的激情"。用帕斯捷尔纳克的说法,就是要"跨越障碍"。在这一点上,他不愧是茨维塔耶娃的兄弟与知己。整首诗运用对话体写成,尽管身处逆境,创作遭遇重重困难,但诗人对未来仍充满信心。她相信子孙后代能理解她的创作。

三十年的缘分……

三十年的缘分——
比爱情更坚贞。
我熟悉你的每条花纹,
如同你熟悉我的皱纹。

刻画皱纹的岂不是你?
吞噬的稿纸一叠又一叠。
你教导说:不存在明天,
只有今天——能够把握。

无论金钱,还是信函,
统统被书桌甩到一边!
你强调说:该写的诗
每一行必须今天写完!

你威胁说:随便几勺
难以报答造物主的恩宠,
到明天,我被放在桌面——
献出这笨女人的性命!

1933 年 7 月 17 日

【题解】茨维塔耶娃在笔记中描述书桌是她"生死相依的好友,带给我许许多多欢乐。"诗人写了《书桌》组诗,庆祝自己与书桌"三十年的缘分",因为早在十岁至十二岁期间,她就开始认真写诗了。"不存在明天/ 只有今天——能够把握。""该写的诗 / 每一行必须今天写完!"全都是掷地有声的警句,生动地体现了诗人一生的勤奋。这是组诗中的第二首。

忠实的书桌……

忠实的书桌,供我写作,
给我一棵树干,谢谢你!
变成了我的写字台,
依然保持着勃勃生机!

眉宇上有活泼的绿叶,
树皮里流淌着生命气息,
树脂滴落像颗颗泪珠儿,
树根深深地扎进大地!

1933 年 7 月 17 日

【题解】这是《书桌》组诗的第五首,诗人以生动的笔触,饱满的情感,把她的书桌描绘得生机勃勃,活灵活现。

剖开了血管……

剖开了血管：生命喷薄，
难以遏止，难以停歇。
赶快摆放好钵子、瓷碟！
所有的碟子——
都太小太浅，
世世代代流淌——
从世人麻木不闻的耳边流过……
难以遏止，难以停歇，
喷薄涌流的——是诗歌。

1934 年 1 月 6 日

【题解】茨维塔耶娃以这首诗迎来了新的一年。作品展示的乃是诗人的主体意识与创作激情，纵然世人麻木，无人关注诗歌，诗人仍然要用自己喷薄的血液浇灌诗歌的花朵。

离群索居……

去吧,回归自我,
像曾祖回归庄园,离群索居。
去吧,在自己的心里
寻找并发现自由的天地。

不见人影,无人打扰,
这样的花园世间找不到。
离群索居,那份清凉
要到内心去寻找。

什么人在广场上取得胜利——
无须打听,也不必介意。
离群索居沉浸于内心——
把胜利埋葬在心底。

离群索居沉浸于内心。
离群索居:去吧,——

这就是生活的真谛!

1934 年 9 月

【题解】诗人执意避开所处的时代,回归自我,寻求内心的自由天地,至于谁是广场上的胜利者,既不打听,也不介意。离群索居,包含着生活的真谛。表面上看,离群索居是退缩逃避,实际上却是一个人独自与世界相抗衡。茨维塔耶娃痴迷于写诗,急切地想把心里的话写出来,大声说出一个词:不! 诗人要否定她所处的时代,否定她所处的世纪,否定外部世界发生的变化。

时代不会想到诗人……

时代不会想到诗人——
我也不会想到时代。
愿上帝与风雷,与喧嚣同在!
这个时代不是属于我的时代。

如时代不敬祖先,不顾子孙,——
那就是乌合之众,不可理喻。
这时代是我的毒素,我的危害,
是我的敌人,也是我的地狱。

1934 年 9 月

【题解】茨维塔耶娃这首诗再次思考诗人与时代的关系。她明确无误地宣告,风雷与喧嚣的时代并非属于她的时代,割断传统的时代,损害未来的时代,是她的敌人,也是她的地狱。这种处世态度,注定了诗人的不合时宜与孤独。

悲情篇　可惜田埂不生娃娃

茨维塔耶娃不仅超脱于流派纷争,而且超脱于社会政治,超脱于红白集团、阶级对立,她站在人道主义立场上,对世界的荒谬提出了强烈抗议,以母亲悲悯的情怀呼唤和平,呼唤和解。敏感的诗人写出了她对战争的惊恐:月亮成了黑月亮,而太阳变得冰冷。诗人质问上帝,"何苦要射穿万千胸膛?"目睹相互残杀、尸横遍野的惨状,她发出惊心动魄的悲叹:"可惜田埂不生娃娃!"诗人同情弱势者、失败者,甚至愿做他们的代言人。随着时间推移,读者会越来越尊重茨维塔耶娃,佩服她超前的胆识和魄力,越来越理解她的诗歌所具有的艺术价值和历史价值。

脉管注满阳光……

一只手晒成了深褐色,
脉管注满阳光,不是血液。
我对自己的心灵,
怀着博大的爱,爱得热切。

我等待蝈蝈,数到一百,
折根草茎,反复嚼着……
自己的生命转瞬即逝——
这是强烈而奇特的感觉。

1913 年 5 月 15 日

【题解】这首诗写于科克捷别里,抒发人生苦短的感慨。二十八年以后,茨维塔耶娃从笔记本中找到了它,重新誊写,并在下面写了一行字:"挑出来一首年轻时写的诗,从来没有发表过。玛茨。

1941年6月22日,莫斯科。"这一天德国军队开始入侵苏联,是卫国战争爆发的日子。为什么诗人会这样做？一种解释是她真正感受到死亡的威胁已经临近。

"战争!战争!……"

"战争!战争!神龛前摇炉散烟",
马刺碰撞的咔哧声。
然而我并不关心皇室的开销
以及民众的纷争。

我是小小的舞蹈者。脚踩着
出现裂纹的钢丝绳。
我是影子的影子。两个黑月亮
使我患了梦游症。

1914 年 7 月 16 日

【题解】这是茨维塔耶娃写给丈夫的哥哥彼得·艾伏隆的一首诗,1914 年 7 月 15 日奥匈帝国向塞尔维亚宣战,预示着第一次世界大战的爆发。敏感的诗人写出了她对战争的感受。空中的月亮因战争而暗淡,成了黑月亮,而她心中的月亮也随之变色。

我知道真理！

我知道真理！从前的所有真理统统滚开！
大地上这帮人跟那帮人不应当连续打仗。
看吧：天近黄昏，看吧：很快就是夜晚。
诗人们，情人们，统帅们，做何感想？

风已经刮起来了，田野蒙上了露水，
但愿夜空里这场星星的风暴尽快结束，
我们没有必要彼此搅扰对方的睡眠，
用不了多久我们一个个都将长眠入土。

1915 年 10 月 3 日

【题解】茨维塔耶娃并非一直生活在自己的内心世界，这首诗表明了她对外部事件的关注，凸显了诗人反对战争的态度。她以女性的、母性的视角看待战争,又像哲学家一样,站在历史的高度,指出战争的荒谬。短短八行,内涵厚重、丰富,耐人思考,给人启发,不愧被称为诗中的杰作。

两颗太阳结了冰……

两颗太阳结了冰——啊,上帝保佑!
一颗悬在天空,另一颗就在我心头……

两颗太阳怎么办?能否饶恕我的罪行?
两颗太阳怎么办?我可会因此而发疯?

两颗太阳冷漠了,它们的光不带来疼痛!
哪一颗太阳更温暖,哪一颗会更快变冷。

1915 年 10 月 5 日

【题解】这首诗表现的依然是战争给诗人带来的惊恐。她担心战火会殃及自己的亲人,心头的太阳指的是什么人?我们从谢尔盖·艾伏隆一封书信中或许能找到答案。他给姐姐写信说:"……战争每天都在撕扯我的心…… 假如我身体再好一点儿,我早就该在部队里了。现在又提出了动员大学生上前线的问题,也许,很快就会轮到我?我知道这之后的结果,对于玛丽娜来说意味着毁灭。"

惨白的太阳,盘旋在低空的乌云……

惨白的太阳,盘旋在低空的乌云……
白墙那面,紧挨着菜园就是墓地。
沙滩上竖立着一人来高的横杠
下面排列的草人靶子等候射击。

我探出身子,越过栅栏墙远望,
看见道路村庄、听见士兵们喧闹。
有个年迈的农妇正倚着篱笆门,
一口一口地啃着撒了盐的黑面包……

这些灰暗的小房子怎么会触怒了你,
上帝!——何苦要射穿万千胸膛?
一声怒吼火车掠过,士兵也在怒吼,
往后退的路尘土飞扬、尘土飞扬……

哎,莫如一死！最好从来就不出生,
免得听这苦役犯吼叫有多么悲凄,
士兵们唱歌,歌唱黑眉毛的美人儿,
哦,歌唱的士兵,啊,我的上帝！

1916年7月3日

【题解】这首诗是目睹士兵开赴前线的情景写成的。惨白的太阳、盘旋的乌云、墓地和射击的靶子,都烘托出战争的悲惨氛围。诗人质问上帝,"何苦要射穿万千胸膛？",她发出了悲愤的呐喊:"莫如一死！最好从来就不出生！"诗人从人道主义和母亲的立场,对世界的荒谬提出了强烈的抗议。

莫斯科！多么庞大……

莫斯科！多么庞大的
收容院,收容流浪汉!
俄罗斯每个人都无家可归,
我们统统都聚集在你身边。

肩膀上带着耻辱的烙印,
匕首掖在皮靴筒里面。
从很远、很远的地方——
你三番五次把我们召唤。

我们倒也有一位医生,
年纪轻轻的潘捷列伊蒙,
他能消除苦役犯的烙印,
还能医治我们的病症。

看,就在那扇小门后边,
人们纷纷前去的地方,
那就是伊维尔斯克钟楼,
红彤彤的心闪烁光芒。

阿利路亚的赞美歌声
在幽暗的大地上漂流。
"莫斯科的泥土啊,
让我来亲吻你的胸口!"

1916年7月8日
亚历山大罗夫镇

【题解】这是《吟唱莫斯科》组诗的第八首。诗中出现了苦役犯的群体形象,诗人借此来歌颂莫斯科的包容性。有几个词需要稍加解释:潘捷列伊蒙,是能为苦难者治病的圣徒,圣像上把他画成一个少年。伊维尔斯克钟楼,位于克里姆林城堡内,因其中供奉伊维尔的圣母而得名。阿利路亚,是唱圣歌时对上帝的赞美声。

哦,小蘑菇呀,小蘑菇……

哦,小蘑菇呀,小蘑菇,我的白蘑菇!
俄罗斯,你摇摇晃晃在旷野上哭诉。
帮帮忙吧——我站立不稳,
血迹斑斑让我神志恍惚!

左右都血肉模糊,
看着害怕,
条条伤口都连着——
妈妈!

我恍恍惚惚,
心里只有一个想法:
从脱离娘胎——到埋进泥土!
哦,妈妈!

全都躺在身边,横七竖八——
可惜田埂不生娃娃。
哪个是自己人,哪个是敌人?
士兵,睁开眼睛看看吧!

白的——成了红的:
鲜血红得可怕。
红的——成了白的:
死神做主当家。

"你是谁?白军?""不晓得!——
搀扶我一把!"
"是不是红军掉了队?"
"想回梁赞老家。"

无论是左、是右,
不管前进、后退,
红军、白军都呼叫:
妈妈!

没有顾忌——没有怨恨——
拖长声音——喊到嘶哑——
响彻云天的呼叫：
妈——妈——！

> 1920年12月

【题解】善良的诗人，充满爱心的诗人，不想让生命毁灭，不想让任何人遭受痛苦、遭遇死亡。但是她敢于面对血淋淋的杀戮，面对历史性的悲剧。这首诗出现了令人毛骨悚然的惨烈场面，战场上横躺竖卧的都是濒临死亡的士兵，他们曾相互厮杀，而他们的痛苦却没有差别，面临死亡，都在呼唤：妈妈！诗人超脱于社会政治，超脱于阶级对立，超脱于红白集团，她站在人道主义立场，以母亲痛心的声音呼唤和平，呼唤和解。一句"田埂不生娃娃"，可谓振聋发聩的警句！随着时间的推移，读者会越来越尊重诗人茨维塔耶娃，越来越佩服她超前的胆识与非凡的魄力，越来越理解她的诗歌所具有的艺术价值和历史价值。

车轮朝我冲过来……

车轮朝我直冲过来——
逼进了污水,逼进了泥塘,
仿佛从无声的喉咙里
吐出了石头雕像——
喘息,来自大海那边,
说是从地面上消灭……
——"妈妈?"
他想:"妖魔!"
还要等三个小时!

1921 年 12 月 23 日

【题解】茨维塔耶娃平时不喜欢汽车、卡车、电梯等机械类的东西。看到汽车从身边驶过,她就感到紧张。可能是基于这种经验,她写了这首极为可怕的诗。一年之后她把这首诗收入了《手艺集》,寄给帕斯捷尔纳克一本,特意解释了这篇作品,她说:"当卡车快要轧着我的时候,真是怕得要命!"诗人在描绘自己的毁灭,采用省略词语的手法,呼喊,喘息,写得极其悲惨。作品具有令人毛骨悚然的力量,真实到极致,稍微再超过一点儿就成为自然主义的手法了。勃洛克认为这首诗传达的是"毁灭的绝望"。二十年代后半期茨维塔耶娃的几部长诗《房间的尝试》《空气之歌》《战壕》,大都采用了这种形式。

擅长魔法的女巫!

擅长魔法的女巫!双手
像十字架交叉在一起!
失望!你像离别与死亡,
你并非十字架,而是贪欲。

让魔法失去魔力的药水,
甘甜的气味儿能使人昏迷……
沉默不语的生命荒诞——
我们听你持续不停的喘息!

无声无息走进了房子,
对天盟誓让人记忆清晰,
妖媚的声音半男半女——
对无声的忘川给以赞誉……

只对少数人称呼为"你",
我忘记了微笑的重要含义……
顺着人声喧闹的十里长街——
失望的情绪缓慢地延续。

1922 年 1 月 29 日

【题解】茨维塔耶娃总是独自一人生活在心灵的空间。现在,她的处境格外艰难,仿佛擅长魔法的女巫使她陷入了绝境。冬春之间即将出国前这段日子,她写的某些诗歌散发出可怕的预感:寒冷、麻木、绝望,几乎难以生存。抒情女主人公究竟期待什么?是梦幻?是昏睡?是痴迷?还是解脱?她在失望之中积聚力量,她要向施展魔法的女巫进行反抗。

弟兄们！这是一年……

弟兄们！这是一年
最后的时辰，为了
俄罗斯家乡，在心中
每天敲响十二回！——
来吧，酒杯碰酒杯！

为了虽败犹荣，
为了塔曼，为了库班，
为了我们俄罗斯顿河，
为了约旦河古老的信仰……
来吧，
酒杯碰酒杯！

同志们！

我们热爱罗斯!
罗斯母亲还活着!
同志们!
罗斯在我们心中
完整无缺!

弟兄们! 回眸远方!
杰里维格和普希金,
事业与水晶般的心……
钢与钢相撞声音清脆——
来吧,酒杯碰酒杯!……

团结的光荣团队——
为了兄弟城布拉格,
让我们碰响水晶杯!
为了波西米亚边界,
来吧,
酒杯碰酒杯!

同志们!
体质还坚强!

豪情依旧在！
同志们！
意志如钢
永不言败！

弟兄们！最后时刻！
老帅已在林边消失……
团结必须更紧密——
像岩石般坚不可摧！
来吧,酒杯碰酒杯！

志愿军的奉献,
志愿军的战绩！
俄罗斯上帝不会引退！
相信的——排好队,
来吧,
酒杯碰酒杯！

1922 年 11 月 15 日

【题解】茨维塔耶娃"新年"前创作的这首诗,写给她丈夫的战友,从前的"志愿军",跟艾伏隆在一起的流亡者。作品像宴会上的祝酒歌,送别即将过去的俄罗斯旧历年。注入诗中的绝非女子的柔情,而是男子汉的豪迈,诗人想把豪情与力量灌输给昔日的勇士。凭借敏锐的直觉,诗人发觉她心目中的英雄惊慌失措,往日的壮志豪情消失殆尽。茨维塔耶娃不以成败论英雄。她只想让往日的"骑士"们振作精神,直面人生,直面未来。作品节奏鲜明,语言流畅,音韵铿锵,适合朗诵。这篇作品不合时宜,却耐人寻味,具有审美价值和历史意义。

当我瞅着纷飞的落叶……

当我瞅着纷飞的落叶,
贴近鹅卵石路面的灰尘,
就像是画家手中的画笔,
最终要画完一幅作品。

我想(没有任何人喜欢
我的身材,我沉思的模样),
锈迹斑斑一片枯黄的叶子,
悬挂在树冠,定被遗忘。

1936 年 9 月 20 日

【题解】诗人以秋天寒风中锈迹斑斑的枯黄树叶比喻自己,虽然挂在树冠,但最终会落到鹅卵石路面的尘埃里。诗的格调悲凉低沉,读来令人忧心。

森　林

你可见过伐木？抡起板斧——
砍倒了橡树！砍倒一棵,还有一棵。
刚刚被砍倒,转眼又复活!
森林——不会灭绝。

森林,仿佛死气沉沉,
转眼间——一片绿色!
(青苔,像青青的皮毛!)
捷克人——不会毁灭。

　　　　　　　　　　　1939年5月9日

【题解】1939年3月,法西斯德国军队占领了布拉格。玛丽娜·茨维塔耶娃在笔记中写道:"1939年3月15日布拉格被占领。7点45分,赫拉德恰尼城堡灯火通明,旗帜飘扬。布拉格人倾城出动,走向广场,最后一次高唱国歌,一边唱,一边流泪……"德国法西斯的暴行让茨维塔耶娃感到震惊和愤怒。她创作了《致捷克的诗》(包括《九月》与《三月》两组诗),声讨侵略者,歌颂捷克人民的坚韧与顽强。这首诗是《三月》组诗中的第七首。

温柔的法兰西

> 永别了,法兰西!
> 永别了,法兰西!
> 永别了,法兰西!
> ——玛丽·斯图亚特。

没有哪一个国家,
能比法国更柔和——
作为永久的纪念,
送给我珍珠两颗。

珍珠挂在睫毛上,
亮晶晶一动不动。
玛丽·斯图加特
赠礼物送我远行。

1939年6月8日

【题解】这是茨维塔耶娃在法国写的最后一首诗,标题和题词原为法语,引用的是苏格兰女王玛丽·斯图亚特所说的几句话。短短八行诗,似乎预示着诗人未来的不幸。玛丽·斯图亚特(1542—1587),苏格兰女王,曾觊觎英国王位,因贵族起义被迫逃往英国,被英女王伊丽莎白一世下令监禁,后被处死。

不知道,是怎样的首都……

不知道,是怎样的首都:
任何首都人都难以居住。
小女孩像展翅的鸟儿,
引导着婴儿学习迈步。

阿尔卑斯山铃铛声传来,
绿色阿尔卑斯山在远处……
孩子在柏油马路上成长,
也会像柏油路一样冷酷。

1940 年 7 月 1 日

【题解】1940 年 6 月初,茨维塔耶娃带着儿子穆尔离开了戈里岑诺的创作之家,搬到了赫尔岑大街 6 号楼 20 号住宅的一个房间里临时居住。房东女画家到克里木避暑去了。就这样,回国一年来茨维塔耶娃头一次租到了住房。这是她从住处临窗看到的街道情景。诗人由炎热的柏油路联想到遥远的阿尔卑斯山绿色葱茏的山麓,似乎听到了清脆的铃声,目睹马路上蹒跚学步的孩子,联想到他们的未来,心绪起伏,暗自忧伤,诗短情长,发人深省。

我的明灯……

朝霞出现之前,
一度大放光明……
我的一盏盏灯啊
你们在为谁送行?

你们把谁照耀?
你们把谁赞颂?
你们把谁保护?
我的一盏盏明灯!

……赫斯珀里得果园里
的银色桃树是我的明灯。

1940 年 12 月

【题解】首都莫斯科对待茨维塔耶娃并不友善,它就像个有生命的怪物,有时候会诱发出对于往昔的回忆与思念。比如,使她回想起那个"温柔的法兰西"。波克罗夫斯基街心花园的灯光,使她想起了"旺夫的街灯——想起了街头拐角处的花园,夜晚总有管风琴一样细微的响声……"这就是这几行零星诗句产生的背景。

琥珀该摘去了……

琥珀该摘去了,
词典该更换了,
挂在门口的灯
该要熄灭了……

1941年2月

【题解】诗人以某种超越自然力的敏感,以某种超越极限的智慧,洞察到命运为她指出的归宿,意识到她的一生行将结束,残灯将熄,一条路正渐渐接近终点。

愁情篇 失眠后身体软弱无力

茨维塔耶娃一生坎坷,多灾多难,战争使她夫妻分离,饥荒使她幼女夭折,流亡国外经常处于贫困之中,作品难以发表,缺乏真正的读者,回国后更遭遇致命的打击,女儿和丈夫相继被捕,战争爆发,不得不疏散到中亚地区,可以说忧愁、苦闷、孤独,像影子一样时时追随着她。然而顽强的诗人,不甘在忧患中窒息,诗歌创作成了她疏解苦闷,排遣愁情的有效手段和唯一出路。

磨面与磨难

"越磨越细,才有白面!"
这种本领让人们喜欢。
有了白面,何必忧烦?
不,最好是有磨难!

请相信,我们活得苦闷!
只有苦闷能驱走厌倦。
越磨越细?会有白面?
不,最好是有磨难!

1909 年至 1910 年

【题解】《磨面与磨难》(Мука и мука)一诗回响着戏剧性的音调;从这些音调中不难分辨出茨维塔耶娃悲剧性的声音。诗的标题彰显出词语的谐音,两个俄文词字母完全相同,区别仅仅在于重音,重音在后意为"面粉",重音在前意为"痛苦"但若直译为"面粉与痛苦",则不能反映原作两词谐音的特点,几经推敲翻译成"磨面与磨难"。"诗歌:词语的谐音"是几年后茨维塔耶娃提出的创作格言。

给他的女儿

几只燕子飞来的时候,
你也在同一时刻诞生,
小小身体带来欢欣,
新生婴儿的眼睛,

就在三月份降生——
请听子民的赞颂,上帝!
这就仿佛是一只鸟儿
翩翩飞舞落在大地。

空中的燕子呢喃,
房子里乱得像底朝天:
婴儿的哇哇哭泣声,
鸟儿在窗外鸣啭。

第一朵春天的花蕾,
格外稚嫩的树干,
你是第一个女孩儿,
你是第一只春燕!

十一月的白昼短暂,
十一月的黑夜漫长,
黑翅膀的燕子飞走了——
飞越了大海汪洋!

压挤着幼小的胸脯,
北方的泥土寒冷。
是燕子带走了婴儿,
飞得不见踪影……

可怜的小小花环,
摆在永世不变的地方。
睡吧,孩子,上帝的小鸟,
愿你安眠在梦乡。

1914 年 7 月 15 日

【题解】彼得·艾伏隆是谢尔盖·艾伏隆的哥哥,彼得身患重病,在莫斯科住院期间,茨维塔耶娃常常去看护他。彼得告诉她,年幼的女儿已经夭折,她听得心中颤抖,随后写了这首诗抒发悲悯怜惜之情。

我庞大的都市笼罩着——夜……

我庞大的都市笼罩着——夜,
离开朦胧的家我走上——街。
人们心里想的是:妻,女,
可我只记得一个词——夜。

七月的风替我清扫——路,
远处的窗口传出音乐——声。
啊,黎明的风此刻——吹,
透过薄薄的胸膛吹进——胸。

有棵黑杨树,窗内亮着——灯,
钟楼钟声响,花在手中——握,
信步而行,不想跟随——谁,
只是人影儿,其实没有——我。

灯光点点如金色珍珠——串,
嚼片夜晚的树叶气味——浓,
松开吧,松开白天的——绳,
朋友,我走进你们的——梦。

1916年7月17日

【题解】这是《失眠》组诗当中的第三首,失眠者挣脱了白天的绳,走进朋友们的梦,构思奇妙。诗人驾驭韵律的高超能力更令人叫绝。原文采用四音步抑扬格变体,每行增加一个重读音节,最后都选用一个单音节词,这种押韵法在俄罗斯前所未见,十分新奇。此诗一经发表,立刻引起广泛关注与好评。译文尽力传达原作的音韵特点,原作韵式为aaaa,bbbb,即每个诗节四行诗最后四个单音节词重读元音都相同,要译出这一特色,译者自愧力不能及,只好退而求其次,隔行押韵,若懂俄语的读者看了译文,想进一步欣赏原作,能起到桥梁作用,译者就略感欣慰了。

夜晚失眠后身体软弱无力……

夜晚失眠后身体软弱无力，
像不属于自己，跟谁都不相干。
你像六翼天使向人们微笑，
可缓慢的血脉里还有刺痛的箭。

夜晚失眠后双手疲乏绵软，
无论对敌对友统统都感到冷淡。
偶然的声音闪烁彩虹七色，
佛罗伦萨的气息突然冲破严寒。

温柔的嘴唇闪光，眼睛凹陷
有一圈阴影儿。这就是夜晚给脸
留下的印迹——我们因黑夜
的昏暗变得更黑的——只有双眼。

1916 年 7 月 19 日

【题解】这是组诗《失眠》的第四首,诗人以敏锐的感觉,细腻的体验写出了失眠者的疲乏与倦态。其间的佛罗伦萨出语突然,需稍加解释。原来诗人曼德尔施坦姆写过一首诗献给茨维塔耶娃,题为《莫斯科的佛罗伦萨》,茨维塔耶娃失眠的一个原因,不排除是对曼德尔施坦的思念。

如今,在你的国度里……

如今,在你的国度里,
我是天上来客。
我看见了原野的梦境,
森林的失眠者。

深夜里某处有马蹄铁
践踏着草丛。
母牛在朦胧的牛栏里
叹息声沉重……

我怀着满腹的柔情
向你倾诉幽怨,
我想讲夜宿的雁群
和警戒的孤雁。

双手伸进猎犬的茸毛,
是只灰色猎犬。
随后东方显露出曙光,
时间接近六点。

1916年7月20日

【题解】这是组诗《失眠》的第五首。作品抒发了沉稳旁观的心情,保留了夜晚时分浪漫幻想的格调。诗人仿佛在跟夜晚对话,夜晚是国王,诗人是天外来客。诗中的"雁群"与"孤雁",又使人联想到诗人与世人的关系,担任警戒任务的孤雁,尚有回归雁群的时候,而离群索居的诗人,则永远孤独,这大概也是诗人失眠的一个原因吧?

今天夜晚我独自过夜……

今天夜晚我独自过夜——
穿黑衣的修女,失眠未睡!——
今夜我有很多把钥匙,
能打开这唯一首都的所有门扉!

失眠催促我动身上路。
"你真美,暗淡的克里姆林宫!"
今天晚上我要亲吻大地,
亲吻她骚动的、圆鼓鼓的心胸!

竖起来的不是头发,是皮毛,
闷热的风径直吹拂灵魂。
今天夜晚我怜悯世间所有的人,——
可怜的人,被人亲吻的人!

1916 年 8 月 1 日

【题解】这是组诗《失眠》的第六首。抒情主人公以失眠者的面目出现,成了黑衣修女,居然拥有许多把钥匙,可以随意打开所有的门。你不能不佩服诗人丰富而奇特的想象力。作品从一个侧面表现了诗人在夜晚神秘而又兴奋的心情。

比温柔更温柔……

比温柔更温柔,比纤细还纤细,
松树上传来了口哨声。
我在睡梦中看见了一个
黑眼睛的儿童。

一棵美丽的松树就这样流淌
热辣辣的松脂。
夜晚如此美好,可钢锯拉动,
我的心鲜血淋漓。

1916年8月8日

【题解】这是组诗《失眠》的第七首,失眠的人偶尔也有瞬间的瞌睡,短暂的梦境中出现了美丽的松树,松树发出柔和纤细的口哨声,还有可爱的黑眼睛的孩子。梦境消失,转为清醒,夜晚是美好的,现实却令人不堪。因而诗人说她的心好像遭受锯齿拉动一般痛苦。

乌黑,像瞳孔,像瞳孔……

乌黑,像瞳孔,像瞳孔,吮吸
光明——敏锐的夜啊,我爱你。

让我放声赞美你,歌曲的祖先,
你执掌大权,八面来风任调遣。

我是贝壳,我把你呼唤、歌颂,
我贝壳里的大海汪洋尚未平静。

我看够了人的瞳孔!夜色昏黑!
黑太阳之夜,请你把我烧成灰!

1916年8月9日

【题解】这是组诗《失眠》的第八首,把夜晚比喻为吮吸光明的黑太阳,歌曲的祖先,这都属于茨维塔耶娃独出心裁的比喻。说自己是一枚贝壳,而贝壳里的大海汪洋尚未平静,又道出了方寸虽小,包容宇宙的哲理。短短八行诗,有无尽的内涵,等待有心的读者去挖掘。

看,又是这样的窗口……

看,又是这样的窗口,
窗户里的人又在失眠。
也许,他们在饮酒,
也许,他们很悠闲,
也许,只有两个人——
手握手,握得很久,
朋友,每一幢楼房
都有这样的窗口。

驱散黑暗的不是蜡烛不是灯,
而是彻夜失眠的眼睛!

你呀,夜晚的窗户,
离别与相聚的呼声!

也许有千支蜡烛,
也许只有两三盏灯……
我的心灵与理智,
总也得不到安宁,
即便在自己的家里,
也是同样的情景。

朋友,为失眠的房屋祈祷吧,
为了窗口灯火通明!

1916 年 12 月 23 日

【题解】这是《失眠》组诗当中的第十首,表现了诗人满怀柔情、善解人意的天性,由自己的失眠,联想到别人的失眠,联想到失眠人窗口期待的灯光,诗思流畅,语言流畅,音韵流畅。再看整首诗的结构,连续八行短句,跟随后两行较长的诗句形成对比与反差,形成内在的旋律,真像一支婉转而优美的小夜曲,作品能赢得许多读者的喜爱,自然有它的依据。

平和的游荡生活……

平和的游荡生活在雾霭中开始:
这是树木在夜晚的大地上飘移,
这是葡萄串浮动如金色酒浆,
这是星星漫游挨门挨户拜访,
这是江河奔腾流到头想要回返!
这是我渴望依着你的胸口睡眠。

1917 年 1 月 14 日

【题解】这首诗沿袭了《失眠》组诗的基调,不知悔改的抒情女主人公忍受情欲折磨,几近毁灭,在她的心目中,一切景物都在漂泊流荡,在痛苦之中也赞美了人生与爱情的欢乐。

我独自一个人迎接新年……

我独自一个人迎接新年。
曾经富有,也历经艰难,
自由放任,我屡遭诅咒,
曾有许多人握紧我的手,
曾有很多陈年葡萄美酒。
虽然受诅咒,倒也自由!
特立独行,孤身一人!
如同月亮,俯视着窗口。

1917 年 12 月 31 日

【题解】诗人表面上狂放不羁,而在内心深处,却感到惶恐与忧虑。1917 年最后一天创作的诗就透露了这种情绪。

我的姿态朴素……

我的姿态朴素。
我的房子贫寒。
我本是一个岛民,
家乡的岛屿遥远!

我活着——没人需要!
他来了,我夜晚失眠。
烧掉自己的房子——
为给别人做晚饭!

瞅一瞅——原来还认识,
进了门——不妨住下去!
我们简单的规矩——
统统写在血液里。

既然天上的月亮可爱,
把它引到手掌心里来!
得,他走了,好像没来过,
而我——好像没有存在过。

望着刀痕心里想:
能不能及早愈合,
等到另一个生人到来,
张开口说:"讨点水喝!"

1920年8月20日

【题解】这首诗的抒情主人公自艾自怨,自暴自弃,有几分随波逐流,得过且过的消极情调。这从一个侧面反映出诗人处境的艰难。

像饮酒深深地痛饮一口……

像饮酒深深地痛饮一口,
中间喘气,难以容忍!
闭着眼睛,无须回忆,
我在内心深处欣赏着您!

像金色酒浆一口接一口
流进喉咙,匆匆下咽,
记忆中仿佛听见说法语——
通俗的词句来自民间。

1920 年 8 月

【题解】看来,在她的记忆中春天写的组诗、给她灵感的人物形象依然活着,被这个人物唤起的情感重现于一些诗篇,比如《对与错,等量齐观……》,《消失了,消失于黑夜……》。这人应该是画家尼·尼·维舍斯拉夫采夫,他能讲一口流利的法语,诗人一度为他神魂颠倒。

致 柏 林

雨水淋漓抚慰着疼痛。
落下护窗板昏睡入梦。
马蹄踩过颤抖的柏油路,
踏踏作响,犹如鼓掌声。

相互问候——达到交融。
残存的晚霞余晖透明,
监狱,俯视出奇的孤寂,
宽宏大量地赐予同情!

1922 年 7 月 10 日
柏林

【题解】茨维塔耶娃不喜欢柏林,因而有置身监狱的感觉。她的女儿阿莉娅曾回忆说,妈妈觉得不宜居住柏林。原因是:城市不可爱,眼睛看不惯,心里不喜欢,这个城市不容外来人。其实真正的原因在于生活拮据。住在柏林,要花很多钱。而移居布拉格,以马萨里克为首的捷克政府为俄罗斯侨民提供救济,艾伏隆还有助学金,维持生活相对有保证。阿莉娅说,父母经过反复商量,最终下了决心:"我们到捷克去吧!"

风情篇　茨冈人热衷于分离

茨维塔耶娃熟悉茨冈人的生活,多次描写草原的大篷车,茨冈人的漂泊流浪,以欣赏的目光赞美他们热爱自由的天性,甚至公然赞美情欲,以亵渎圣训为荣,笔法大胆而放肆。诗人笔下的"茨冈女郎"有"挑逗取乐"、"卖弄风情"、搔首弄姿、逢场作戏的一面,仿佛是诗人戴的一张面具,借以掩饰其内心的痛苦与忧伤。现实生活的卑微贫寒,与崇高的精神追求往往彼此冲突,相互摩擦,因而使得诗人情绪不稳,喜怒无常。诗人凭借直觉发现了人的两面性,发现了女人的两种本质:人性的崇高与卑微,纯洁与罪孽,光明与黑暗,"日常生活"与"生存意识"的矛盾与冲撞。这一类作品,糅进了戏剧因素,叙事幽默风趣,语言新颖流畅,模仿外国情调,借用古典浪漫主义手法,艺术风格独特,流传甚广,历来褒贬不一。

饶舌的人们和邻家的狗……

饶舌的人们和邻家的狗都睡了,——
没有车马,没有声音。
哦,亲爱的人儿,别再问我,
怎么拉开门闩悄悄开门。

一勾新月,时近午夜,
僧人和枭鸟的时辰,
健谈者和年轻人的时辰,
情侣与凶手的时辰。

这里每个人都忐忑不安,
这里的骑手催促马匹。
我们蹑手蹑脚悄悄走过,
钱包、手镯无声无息。

看街道两边楼房林立,
广场上有人跳舞有人争执……
这里有座圣母小教堂,
科尔多瓦城在为爱情盟誓。

喷泉旁边有个小小台阶,
我们坐下来不声不响,
你头一次用饿狼的眼睛
死死盯住我的面庞。

玫瑰的香味儿,头发的香味儿,
膝盖上的丝绸窸窣有声……
哦,亲爱的人儿,快看,是她,
卡门,勾魂摄魄的小妖精!

       1915 年 8 月 5 日

【题解】茨维塔耶娃在这首诗中采用了新的语言、新的风格,叙事幽默风趣,刻意模仿外国情调,借用古典浪漫主义手法,两三年后这种风格会开花结果更加绚丽。诗中的科尔多瓦为意大利城市,以教堂与修道院建筑优美闻名于世。"卡门"是法国作家梅里美(1803—1870)同名小说里的人物,一个美丽、泼辣、敢爱敢恨的吉卜赛女郎的形象。

我怀着无限的柔情……

我怀着无限的柔情——
因为我不久将告别人生,——
我反复思量这件狼皮大衣,
该送给谁作为馈赠。

给谁——这灵便的细手杖,
这方格毛毯如此柔软,
给谁——我这只白银手镯,
一颗绿松石镶在上面。

还有这些笔记,这些鲜花,
有心保存,却难以如愿……
还有我这最后的音韵,
还有你,我这最后的夜晚!

1915 年 9 月 22 日

【题解】满怀柔情,却不久于人世,这仍然属于"爱与死"旧的主题,但形式与音调却有新的因素。爱情并非索取,而是奉献,诗人甘愿奉献的不仅是她的狼皮大衣、方格毛毯、白银手镯,还有她的笔记、鲜花,更有最后的音韵、最后的夜晚。连续的排比构成了一种气势,哀婉中不乏坚韧,字里行间显示出诗人狂放独特的个性。

我既不遵守圣训……

既不守圣训,我也不想领取圣餐。
看起来对我的训斥还会暂时拖延,——
我仍将犯罪,现在就跟过去一样:
满怀情欲!用上帝给的五种情感!……

朋友!伙伴!你们一再撩拨怂恿——
你们是情场的教师,你们是同犯!
少男、少女、树木、星云、大地,
让我们一起回答上帝可怕的审判!

1915 年 9 月 26 日

【题解】在这首诗中,诗人以叛逆者的面目出现,公然赞美情欲,以亵渎圣训为荣,真可谓大胆而放肆。仅就处理诗歌节奏而言,游刃有余,艺术技巧日新月异,仿佛能施展"妖法巫术",迫使诗句的抑扬顿挫屈从于骚动心灵的内在韵律。

致命的著作……

致命的著作——
并非是对女人的引诱,
爱的艺术——
整个大地为女人所有。

心——最忠诚,它是
爱情最鲜活的芳草。
一旦女人有了摇篮,
就被凡人的罪孽环绕。

啊,天空距离太远!
幽暗中嘴唇贴得很紧……
"上帝,且慢审判!——
你未曾做过世间的女人!"

1915 年 9 月 29 日

【题解】《爱的艺术》(一译《爱经》)是古罗马诗人奥维德(公元前45—17年)的名作。这首诗所说的"致命的著作"指的就是这本书。诗中富有叛逆精神的两行"上帝,且慢审判!/——你未曾做过世间的女人!"成了流传甚广的名句。

茨冈人多么热衷于分离!……

茨冈人多么热衷于分离!
刚一见面,就各奔东西。
我用双手托着前额,
望着夜色陷入了沉思:

无论谁浏览我们的书信,
都难以洞察其中的深意,
我们轻而易举地背信弃义,
就是说我们只忠实于自己。

1915 年 10 月

【题解】 茨维塔耶娃懂得"离别的学问",并且依照它不成文的规律生活。这里表面上写的是茨冈人,实际流露的却是个人的真实情感。

傍黑儿天气……

傍黑儿天气,
我们该各走各的马上道别。
对于您来说——
这是个残酷时刻。

夜猫子的时间,
鸟妈妈藏起了小鸟。
您想谈情说爱,
似乎还为时太早。

我记得您头一次
走进我并不友善的房子,
拿着公鸡形饼干,
还有一条柳枝。

发蔫的少年,
您像森林里的忍冬草,
又像空中的一片云——
您的运气不好!

原谅我吧,不然
我就跪下来向您请求,
因为您鹿一样的眼睛里
泪水直流。

可爱的同龄人,
您的心还满怀依恋!
可我喜欢戒指,
也喜欢聊天。

1915 年 12 月 18 日

【题解】这首诗艺术技巧尤为高超,节奏如行云流水,韵脚巧妙而生动,抒情女主人公隐隐约约的风情,半含嘲讽半带怜悯的口吻,让那个不走运的少年追求者碰了软钉子。这哪里是诗歌,简直是一幕活灵活现的音乐剧。

他瞅了一眼……

他瞅了一眼,像头几次
仿佛视而不见。
乌黑的眸子吞咽着视线。

睫毛闪烁,我稳稳站立。
"怎么样,亮丽?"
我不说,畅饮就要见底。

眼珠儿吸尽了最后一滴。
我一动不动。
你的心流进了我的心里。

1916年8月7日

【题解】这是一场有人物、有情节、有形体动作、有心理对白的爱情独幕剧。情节围绕一男一女两个人物的目光展开,四目交织,从佯装视而不见,到吞噬目光,到畅饮到底,让对方的心流进自己的心里。展现人物的内心世界,有层次、有步骤、有分寸,可谓逼真而又传神。读者往往称赞阿赫玛托娃的抒情诗富有戏剧性,擅长利用生活细节,其实茨维塔耶娃在这一方面毫不逊色,这首诗就是有力的证明。

可爱的旅伴……

可爱的旅伴,和我们一道过夜宿营!
长途跋涉,跋涉,跋涉,面包黑又硬,
茨冈人的大篷车隆隆响动,
奔泻的江水川流不息——
浪花翻腾……

啊,在茨冈人天堂般的朝霞之中——
你可还记得银光闪烁的草原与晨风?
山冈上蓝雾迷蒙,
歌唱茨冈之王的是——
悠扬歌声……

漆黑的夜晚,以古树枝柯作帐篷,
我们把美如夜色的子弟拱手相赠,

他们像夜一样贫穷……
而呖呖鸣啭的夜莺——
予以赞颂。

美妙时刻的旅伴啊,难以挽留你们,
我们不算富裕,我们的宴席欠丰盛。
篝火燃烧,烈焰熊熊,
我们的草地如绿毯——
坠落星星……

1917年1月29日

【题解】喜欢俄罗斯诗歌的读者大都知道,普希金写过长诗《茨冈》,把自由奔放的茨冈姑娘真菲拉跟来自上流社会的阿乐哥加以对比,以自然人的淳朴反衬文明人的自私自利。茨维塔耶娃对茨冈人的生活也很熟悉,多次在诗中描写草原上的大篷车,写茨冈人漂泊流浪的生活,以欣赏的目光赞美他们热爱自由的天性。这首诗突出的特点在于韵律和谐,诗句流畅,每个诗节由五行构成,头两行长,三四行较短,第五行最短,读起来朗朗上口。读者或许情不自禁会产生一种愿望,成为茨冈人的旅伴,跟他们一道去草原夜宿,在星光下,篝火边,亲近大自然,接受晨风薄雾施予的洗礼。

德·戈雷骑士!……

德·戈雷骑士!思念美人
您实在是枉费心机,
曼侬专断,却管不住自己,
一向沉迷于她的情欲。

我们成群结队排成一串儿,
自由自在走出您的卧室。
一夜之后没有人记得我们,
相信吧——这就是规律。

我们来自暴风雨之夜,
我们不要您的什么东西——
除了晚餐,外加珍珠,
也许,还有灵魂做赠礼!

骑士，义务、荣誉皆俗套。
上帝保佑您有一团的情人！
一个个表示心甘情愿……
激情澎湃都热恋着您。

      1917 年 12 月 31 日

 【题解】法国作家普雷沃（1697—1763）写有一部长篇小说《德·戈雷骑士与曼侬·莱斯科的故事》。茨维塔耶娃引用了其中的男女主人公来抒发自己的浪漫情怀，她像过去一样，依然沉浸于人类的情欲世界，在自己的爱情"阁楼"里寻求自我拯救与陶醉。"曼侬专断，却管不住自己／一向沉迷于她的情欲。"这两句诗，似乎也道出了抒情主人公的自我感觉。在幻想的世界里，诗人呼吸舒畅。在通往思想奔放的道路上，她随心所欲，遣词造句，无拘无束，自由而惬意。

眼睛向下低垂,不敢抬头……

眼睛向下低垂,不敢抬头,
我站在上帝和所有圣徒面前。
今天是我的节日——接受审判。

一群腼腆的小天使想要流泪。
遵守圣训者表情冷淡。只有你
坐在祥云里,像朋友一样和善。

想问你就问吧。你是慈祥长者,
你明白,克里姆林宫的钟声
在胸中回荡,我不敢撒谎欺骗。

你也明白,天意与恣意妄为
在胸膛这转动的磨盘之间,

怎么样日日夜夜反复鏖战。

时而像凡俗女子视线低垂,
时而像愤怒的天使抬头望天,
在报喜节,在皇宫的门口,
看吧,我就站立在你的面前。

而声音,像鸽子飞出胸膛,
在红色穹隆下面往复盘旋。

1918 年 3 月

【题解】这首诗标志着茨维塔耶娃的爱情诗正逐步趋向成熟,与早期作品不同,凭借诗的直觉诗人发现了人的两面性,发现了女人的两种本质,概括起来就是:人性的崇高与卑微,纯洁与罪孽,光明与黑暗,上苍与人间,"日常生活"与"生存意识"。正因为有了这样的意识,所以她低下头,甘心接受上帝的审判。诗中的报喜节,俄历 3 月 25 日(公历 4 月 7 日),又称天使报喜节,是纪念童贞女借圣灵受孕的节日,距离圣诞节还有九个月。

把一撮头发烧成灰……

把一撮头发烧成灰,
洒在你的杯子里……
让你吃不下、喝不下、
睡不着,变得痴迷。

让你年纪轻轻不开心,
让糖失去甜味儿,
让你在黑漆漆的夜晚
没心思亲近美人儿。

等我这一头金发
变成了灰烬的颜色,
你们这帮年轻人
就到了寒冬的季节。

你们都又聋又瞎,
像苔藓变得干瘪,
一个个纷纷消失,
像空气中的泡沫。

1918 年 11 月 3 日

【**题解**】内心痛苦的茨维塔耶娃力求把自己的头躲藏在浪漫情怀的羽翼之下,而浪漫情怀则幻化出许多不同的人物。1918 年 11 月茨维塔耶娃创作果实累累,仅"茨冈组诗"就有三十五首,这是其中的一首。

歌声飞扬……

歌声飞扬,像情人恋爱:
欢快!——敞开胸怀!
万一,歌词儿被忘记,
不唱给世人,只唱给上帝!

歌声飞扬,如心脏跳动——
只要活着,就歌声不停……

1918年11月9日

【题解】"茨冈组诗"之一。

欢乐——就像是糖……

欢乐——就像是糖,
没有,你会叹息,
可要总吃——
过一会儿,
甜是甜,却有点儿腻!

痛苦啊痛苦——
像有咸味儿的海洋!
你供人吃,
你供人喝,
你让人头晕目眩,
你让人萎靡怯懦!

1918 年 11 月 9 日

【题解】"茨冈组诗"中的一首。写出了对于欢乐与痛苦的独特感受。把欢乐比喻为糖,痛苦比喻为海,都有新颖之处。

失陪了,迷人的朋友……

失陪了,迷人的朋友,
我不能跟你共度闲暇时刻,
我结交了新的意中人,
无家可归的浪子,四处漂泊。

你有你的宫殿楼阁,
他有他的森林与荒山,
你有你的军队和士兵,
他有他的大海和沙滩。

现在我陪他去海滨散步,
明天去森林寻找狼群。
每个夜晚有不同的卧榻,
岩石、洞穴都可以栖身。

他这个人喜欢明亮,
就像过复活节一样。
此刻,月亮是我们的灯笼,
明晚为我们照明的有星光。

他曾是令人羡慕的皇子,
是骑士,尊贵的宾客,
可自从看见我一双眼睛,
就抛弃了军队,居无定所。

1918年11月10日

【题解】这也是"茨冈组诗"中的一首。抒情主人公婉言拒绝跟她的朋友共度闲暇时光,借口是有了新的意中人,可能确有其事,也可能只是寻找托词。但从不屑"宫殿楼阁",却欣赏荒山野林来判断,这位茨冈女子也非流俗之辈。

虚幻的嘴唇……

虚幻的嘴唇,虚幻的臂膀
盲目地毁坏了我的永恒。
我歌唱虚幻的嘴唇与臂膀,
告别我自己永恒的心灵。

对神圣的声音充耳不闻。
只不过偶尔在凌晨时分,
黑暗的天空传来一个声音:
"女人!记住那颗不朽的心!"

1918年12月末

【题解】茨维塔耶娃笔下的"茨冈女郎"有"挑逗取乐"、"卖弄风情"、搔首弄姿、逢场作戏的一面,这仿佛是诗人戴的一张面具,借以掩饰其内心的痛苦与忧伤。现实生活的卑微贫寒,与崇高的精神追求往往彼此冲撞,相互摩擦,因而使得诗人情绪不稳,喜怒无常。但凌晨时分从空中传来的声音,提醒她"记住那颗不朽的心!"这说明诗人的良知并未泯灭。

如果我把手伸给你……

如果我把手伸给你——
只能算命,不能亲吻。

告诉我,沿着蓝色的河,
什么样的人会碰见我?

我会走向何处的海水?
什么样的酒杯使我沉醉?

"滔天巨浪有灭顶之灾,
那样的浪涛——尚未到来。

你每只酒杯都空空荡荡。
你本身就是口舌的海洋。

一个接一个你砸碎酒杯,
你让我们都沉溺于海水!

……………………

既然你的手握在我手中,
我只想亲吻,不再算命。

如同蜘蛛本身感到痴迷,
蜘蛛网上不辨南北东西。"

"你自己的眉头锁得紧紧,——
我命运如何你岂能猜准?"

1920 年 7 月

【题解】这首诗的抒情主人公以吉卜赛女郎的面目出现,她要给遇见的人看手相算命,遭到对方的拒绝。诗中的主要意象是"空杯""酒杯空空""酒杯被砸碎",都象征着"欢乐"的破灭,命运的凄惨。

自己管不住自己……

性情异常温和，
自己管不住自己。
轻盈而又亲切，
笼罩深渊的空气。

成长格外迅速，
到时候闪烁电光，
如同得到指令
像鲜花一样开放。

头发曲折如蛇，
眼睛明亮似星星……
没有能力自卫，
也不会招致不幸！

我和他可有情分？
我知道：施展魅力……
我知道：发生意外
我将会失足而死……

1921年11月20日

【题解】这首诗是茨维塔耶娃最难破解的作品之一，谜语一样，有多重含义，可它的美与神秘又构成了真正的魅力——简直是恶魔制造的幻象。这就是茨维塔耶娃的深渊、陷阱、神秘莫测。有一种可能，是茨维塔耶娃自己跟自己争论，思考美的致命性、不可描摹性及其虚假的无力自卫性。或许，诗人的头脑里曾闪现出变成花朵的美女玛露霞的形象，阿法纳西耶夫编写的俄罗斯民间故事集收入了吸血鬼与少女的故事。1921年年初夏茨维塔耶娃在笔记中写到准备以这样的情节写一部长诗，它就是未来的长诗《美少年》。这里可以有多种解释，但最重要的是：诗人魔法一般善变的心情。

译 后 记

谷 羽

徘徊在两难的境地

一九八八年十一月到一九八九年十二月我在列宁格勒大学进修,我的导师盖尔曼·瓦西里耶维奇·菲里波夫先生送给我一本《俄罗斯诗歌三世纪》(Три века русской поэзии),回国后我以这本书为蓝本开始翻译俄罗斯诗歌,一九九九年在漓江出版社出版了《俄罗斯名诗三百首》,其中选译了茨维塔耶娃十三首诗。

二〇〇三年汪剑钊先生筹划翻译茨维塔耶娃五卷集,建议我翻译这位诗人的长诗《捕鼠者》,可是通读原作过程中发现很多地方看不懂,遇到的障碍太多,感到难以驾驭,不得已惭愧地打了退堂鼓。

二〇〇九年八月下旬,上海贝贝特文化传播公司魏东先生跟我联系,希望我翻译萨基扬茨写的传记《玛丽娜·茨维塔耶娃:生活与创作》,不久就寄来了原作,八百多页厚厚一本,翻译出来足有八十多万字,我担心力不胜任,想要推辞。可魏东先生一再劝我接受,还陆续寄来翻译需要的参考书,让我非常感动。后来转念一想,通过翻译诗人传记,进一步了解茨维塔耶娃的生平、创作环境、作品产生的背景,有利于理解过去看不懂的作品,有利于翻译她的抒情诗和长诗,一举两得,何苦要拒绝呢?于是下决心签了翻译合同。用了差不多两年时间,集中精力,啃下了这部厚厚的传记,同时为翻译茨维塔耶娃抒情诗和长诗做了有益的准备和铺垫。

茨维塔耶娃的诗注重节奏和韵律,押韵很讲究,很别致,我觉得这种形式和音乐性的特点应当尽力给予传达和再现。

我译诗坚守两条原则,一、以格律诗译格律诗,译诗像诗,重视音乐性的传达,力求音韵和节奏接近原作;二、只译自己能理解、能驾驭的作品,理解不了的诗决不硬译。以这种思想为宗旨,多年来先后选译了茨维塔耶娃近二百首诗。每首诗后面写了题解,介绍写作背景,对疑难词语和典故给予扼要解释,偶尔谈点翻译体会,总之想减轻理解的难度,排除语言障碍,有助于读者的理解与欣赏。可是,任何事情都有两面性,有利有弊,写题解也可能限制读者的想象力。常言说,仁者见仁、智者见智,若读者不喜欢这样的文字,那就略去题解只读诗歌也好。

诗歌翻译家既要考虑词义准确,又要照顾节奏音韵,永远徘徊在两难的境地。为了节奏音韵,词句要有所增删,不得已的情况下,只能以局部损失,换取整体的和谐。怎么样才能译得更好,说到底是外语理解能力和母语驾驭能力的修养问题,也涉及诗歌的审美意识和艺术涵养问题。在这方面,很多杰出的翻译家为我们树立了典范。查良铮(穆旦)先生说过,他对五十年代翻译的普希金诗歌不满意,当时译得过于草率,到了七十年代重新修改。原作韵式押交叉韵 ABAB,译文中也追求押交叉韵 ABAB,若做不到,则退而求其次偶行押韵。查先生精益求精、反复修改的译诗经验给了我很多启发。

俄罗斯诗人巴尔蒙特(1867—1942),懂多种外语,也是杰出的诗歌翻译家。他把诗歌翻译比喻为"回声"和"镜子"。在他看来,诗歌翻译是挑战,甚至是决斗。他的切身体验,让我深思。

我们的系主任、翻译家李霁野先生,不仅翻译了《简·爱》,也翻译了英语诗歌选集《妙意曲》。我有幸多次聆听他的指教。他说:"文学翻译难,诗歌翻译更难,必须反复推敲,精琢细磨。译诗,要记住两句话:一要对得起作者,二要对得起读者。"长者的谆谆教诲,铭刻在心,一直不敢忘记。

茨维塔耶娃在中国有很多译者,很多读者,很多诗人喜欢她的作品。陈耀球、张草纫、李锡胤、苏杭、王守仁、顾蕴璞、葛崇岳、娄自良、汪剑钊等诗歌翻译家都译过茨维塔耶娃的诗,为中国的诗歌爱好者提供了优秀的精神食粮,我愿意加入他们的行列,为翻译和介绍茨维塔耶娃的作品尽微薄之力。

浙江大学教授、诗歌评论家江弱水先生,为书稿《花楸与珠贝——茨维塔耶娃诗选》撰写了序言。江先生对中外诗歌研究有素,学识渊博,眼光独到,文笔犀利。他的论述有助于读者走近诗人的心灵。我向江先生表示由衷的敬意与谢忱。陈训明先生是我多年的朋友,他看过这部书稿,提出了宝贵的修改意见,对此我很感激。

《花楸与珠贝——茨维塔耶娃诗选》有幸在人民文学出版社,得到张福生先生、李丹丹女士两位编辑的大力支持,他们细心审阅书稿,付出了不少时间和精力,特向两位表示诚挚的感谢。

诗歌翻译难免误读误解之处,愿意聆听专家与诗歌爱好者的批评指教。

2017 年 2 月 12 日
于南开大学龙兴里

附：茨维塔耶娃生平与创作年表

1894

玛丽娜·伊万诺夫娜·茨维塔耶娃9月26日出生于莫斯科。父亲伊万·弗拉基米罗维奇·茨维塔耶夫是莫斯科大学教授,莫斯科造型艺术博物馆创始人,母亲玛丽娅·亚历山大罗夫娜·梅因是钢琴家。

1894

玛丽娜的妹妹阿娜斯塔西娅出生。

1902

母亲玛丽娅·梅因患肺结核病,此后一家人常常出国,母亲先后住在意大利、瑞士和德国疗养。

1906

夏天,母亲玛丽娅·亚历山大罗夫娜在塔鲁萨病逝。

1908—1910

茨维塔耶娃先后在几所学校学习,但都未能读到毕业。她写诗,自己编诗集。

1910

十七岁的茨维塔耶娃在莫斯科出版了处女作《黄昏纪念册》,得到沃洛申等诗人好评。

1911

5月,茨维塔耶娃到科克捷别里看望沃洛申,在那里遇到谢尔盖·艾伏隆,两人一见钟情。

1912

1月27日,茨维塔耶娃与艾伏隆举行婚礼。

2月,茨维塔耶娃的第二本诗集《神奇之灯》出版。

2月29日,新婚夫妇出国旅行,游历意大利、法国、德国。

9月5日,茨维塔耶娃的女儿降生,起名阿里阿德娜,小名阿莉娅。

1913

1月,茨维塔耶娃第三本诗集《选自两本书》问世。

8月30日,父亲伊·弗·茨维塔耶夫在莫斯科去世。

1914

2月15日至3月15日创作长诗《魔法师》。

秋天到冬天,茨维塔耶娃与女诗人索·雅·帕尔诺克交往,创作组诗《女友》。

1915

3月,艾伏隆开始在军用救护列车上担任看护。

12月,茨维塔耶娃跟索·雅·帕尔诺克一道去彼得格勒。

1916

1月末2月初,曼德尔施塔姆来到莫斯科;茨维塔耶娃创作献给他的诗歌,同时还写了歌颂莫斯科的组诗。

4月至5月,连续创作献给亚历山大·勃洛克的诗。

1917

4月13日,小女儿伊丽娜出生。

11月,茨维塔耶娃把十月革命后看成不可扭转的灾难,她回到莫斯科幸运地遇到了丈夫艾伏隆。创作具有悲剧意识的诗歌,表现痛苦、末日与死亡。

1918

1月,谢尔盖·艾伏隆秘密地回到莫斯科住了几天,然后去了罗斯托夫,在那里参加了志愿军。

1月18日,茨维塔耶娃跟丈夫艾伏隆见面,此后离别四年之久,长期杳无音信。

春天到夏天,创作抒情诗,反映国内战争内容的诗篇,后来收入了诗集《天鹅营》(生前未能出版)。

9月至12月,创作浪漫主义剧本《红桃杰克》与《暴风雪》。

11月起,玛丽娜·茨维塔耶娃在民族事务人民委员会短期"上班"。

1919

1月,完成剧本《奇遇》。

1月至2月,创作剧本《命运女神福尔图娜》。

4月至10月,再次在政府机关短期"上班",在俄国战俘登记处统计查询科担任登记员。

6月至7月,创作剧本《石雕天使》。

7月至8月,创作剧本《卡萨诺瓦的结局》(以后改名为《凤凰》)。

11月27日,茨维塔耶娃听从别人建议,把阿莉娅和伊丽娜送进了康采沃儿童保育院。整个冬天经受寒冷、饥饿以及与亲人离别的痛苦折磨。

1920

1月,茨维塔耶娃把身患重病的阿莉娅从儿童保育院接回家护理。

2月15日(或16日),伊丽娜饿死在儿童保育院。

4月,茨维塔耶娃创作大型抒情组诗,献给画家尼·尼·维舍斯拉夫采夫。

5月27日,茨维塔耶娃参加在艺术宫举办的巴尔蒙特从事文学创作二十五周年纪念晚会。

7月14日到9月17日,创作神话长诗《少女王》。

12月11日,茨维塔耶娃参加全俄诗人协会在莫斯科综合技术博物馆举办的女诗人之夜晚会。

1921

1月,写作长诗《跨上红骏马》。

1月末至2月,写作长诗《叶果鲁什卡》。

2月至3月,结识谢·米·沃尔康斯基公爵。为他创作组诗《弟子》。连续创作抒情组诗,其中写给丈夫艾伏隆的有《离别》《戈奥尔吉》。

7月14日,茨维塔耶娃得知丈夫还活着,他流亡到君士坦丁堡,打算长途跋涉去捷克。

8月7日,诗人亚历山大·勃洛克去世,茨维塔耶娃创作了几首诗沉痛哀悼。

8月25日,尼古拉·古米廖夫被枪毙。茨维塔耶娃给阿赫玛托娃写了一封长信分担她的痛苦。

秋天,准备出国去见丈夫。

11月底,茨维塔耶娃写完悼念勃洛克的安魂曲。

1922

1月至5月,茨维塔耶娃创作了一系列抒情诗,还写了长诗《小巷》与莫斯科告别。

5月3—10日,茨维塔耶娃办妥了出国所需证件。

5月11日,茨维塔耶娃离开俄罗斯。

5月15日,星期一,茨维塔耶娃和女儿抵达柏林。

她的两本诗集《离别集》和《献给勃洛克的诗》已在柏林出版,稿酬可弥补支付的路费。

6月7日,玛丽娜·茨维塔耶娃终于见到了从布拉格来到柏林的艾伏隆。

6月至7月,连续创作献给"赫利孔"的抒情诗。

7月31日,离开柏林转往捷克。

8月5日,初到布拉格。

茨维塔耶娃从1922年8月到1925年10月几乎一直居住在布拉格郊区的乡村,生活拮据贫困,依靠艾伏隆的助学金和捷克政府的救济金维持生活。

11月19日,茨维塔耶娃给帕斯捷尔纳克写了一封长信,标志着他们长期通信的开端。

12月,茨维塔耶娃写完了大型神话长诗《美少年》,开始写这部作品时,她还在莫斯科。

1922年下半年,茨维塔耶娃出版了下列书籍:《卡萨诺瓦的结局》(第三幕),莫斯科,"星座"出版社;《里程标》,莫斯科,国家出版社;《少女王》,莫斯科,国家出版社;《少女王》,柏林,"时代"出版社。

1923

1月,随笔《雪松》,评论谢·米·沃尔康斯基的回忆录《故乡》。

2月,茨维塔耶娃的诗集《手艺集》和《普叙赫》相继出版。

4月,茨维塔耶娃结识康·波·罗泽维奇。

6月至8月,与亚·瓦·巴赫拉赫通信,为他写诗。

秋天,与罗泽维奇恋爱达到高潮,连续写诗献给他。

10月,创作悲剧《忒修斯》。

1924

1月1日至2月1日,创作长诗《山之歌》。

2月1日至6月8日,创作长诗《终结之歌》。

10月7日,写完三幕剧《阿里阿德娜》。三幕剧只写完了两幕。

1925

2月1日,儿子戈奥尔吉(小名穆尔)出生。

3月1日,茨维塔耶娃着手创作长诗《捕鼠者》。

春天,长诗《美少年》完成两年之后出版删节本。

秋天,继续写作长诗《捕鼠者》。

茨维塔耶娃准备迁居法国。

11月1日,茨维塔耶娃一家抵达巴黎。一直住在巴黎郊区,原因跟过去一样:贫穷。

12月,完成长诗《捕鼠者》。

1926

2月6日,茨维塔耶娃在巴黎举办诗歌朗诵晚会。

2月至3月,茨维塔耶娃撰写评论文章《诗人论批评家》和《花束》。

3月10—26日,茨维塔耶娃的伦敦之行,其间撰写了反驳性的文章《我对奥西普·曼德尔施坦姆的答复》。

5月至8月,茨维塔耶娃与帕斯捷尔纳克、里尔克三位诗人之间相互通信。

5月,完成献给帕斯捷尔纳克的长诗《来自海滨》。

6月,完成献给里尔克和帕斯捷尔纳克的长诗《房间的尝试》。

7月,完成长诗《楼梯之歌》。

12月29日,里尔克病逝。

1927

2月7日,创作长诗《新年遭遇》——献给里尔克的安魂曲。

5月,完成诗集《离开俄罗斯以后》的编辑工作。

5月末,完成长诗《空气之歌》,献给超越大西洋的美国飞行员查尔斯·林德伯格。

9月,妹妹阿娜斯塔西娅到法国看望茨维塔耶娃。

年底,悲剧《淮德拉》进入收尾阶段。

1928

1月至2月,结识年轻诗人尼·格隆斯基。茨维塔耶娃生前最后一本诗集《离开俄罗斯以后》出版。

8月1日,开始创作长诗《战壕》。

11月7日,茨维塔耶娃在巴黎伏尔泰咖啡馆会见马雅可夫斯基,并对他表示欢迎。

11月24日,《欧亚大陆》报刊登了茨维塔耶娃致马雅可夫斯基的欢迎信。

1929

2月,茨维塔耶娃把里尔克的七封信翻译成俄语。

5月中旬之前写作长诗《战壕》。开始收集资料,准备创作长诗《沙皇一家的遭遇》。

11月26日,茨维塔耶娃出席"俄国作家与法国作家恳谈会",并在会上发言。

1930

年初,写作长诗《沙皇一家的遭遇》。

3月,把长诗《美少年》翻译成法语,确切地说,是用法语重新进行创作。

1931

4月至5月,茨维塔耶娃创作散文《一首献诗的经过》,回忆她与曼德尔施坦姆的交往。

6月,谢尔盖·艾伏隆想返回苏联,递交了苏联国籍申请书。

6月至7月,茨维塔耶娃创作组诗《献给普希金的诗》。

秋天,写作论著《良心光照下的艺术》。

1932

1月27日,茨维塔耶娃在文学晚会上做报告,题为《诗人与时代》。

9月,写作《活生生的人活生生的事》,悼念马·亚·沃洛申。

1933

7月1日,撰写论文《有历史感的诗人和没有历史感的诗人》,对阿赫玛托娃、勃洛克、帕斯捷尔纳克等诗人有深刻精辟的分析。

7月,写完组诗《书桌》。

8月至9月,撰写《亚历山大三世博物馆》《博物馆开馆典礼》《桂冠》《未婚夫》等自传性散文以及论文《两个森林之王》。

12月,完成自传性回忆录《老皮缅处的宅子》。这期间艾伏隆下决心回国,让茨维塔耶娃烦恼、痛苦。

1934

2月,撰写随笔《被俘的灵魂》,怀念安德烈·别雷。

6月,创作短篇小说《人寿保险》和《中国人》。

9月,写出自传性散文《母亲与音乐》和《母亲讲的童话》。

11月,茨维塔耶娃得知格隆斯基意外死亡的消息,写了追悼文章《攀登高峰的诗人》。

1935

6月24日,茨维塔耶娃在巴黎保卫文化反法西斯国际作家上跟帕斯捷尔纳克会面,两个人互不理解,茨维塔耶娃把这次见面叫作难堪的会见。

夏秋之间,创作包括两首诗在内的组诗《致父辈》。

谢尔盖·艾伏隆渴望回国,他已经成为苏联内务部的工作人员,不止一年领取津贴。

1936

4月,茨维塔耶娃撰写包括四篇随笔短文在内的回忆录《父亲和他的博物馆》。

6月至7月,把普希金的几首诗翻译成法语。

夏秋之间,茨维塔耶娃与年轻诗人阿纳托里·施泰格尔相互通信,创作了组诗《写给孤儿的诗》。

12月30日,茨维塔耶娃给施泰格尔写信诀别。

1937

1月,茨维塔耶娃完成散文《我的普希金》;筹划出版1931年创作的《献给普希金的诗》,借以纪念普希金逝世一百周年。

3月15日,茨维塔耶娃的女儿阿里阿德娜回国。

6月,参观巴黎世界博览会。

春天与夏初,写作《普希金与布加乔夫》。

7月11日,茨维塔耶娃开始写带有回忆录性质的小说《索涅奇卡的故事》。

10月10日,受苏联内务部招募并已秘密工作几年的艾伏隆陷入了一场谋杀案,苏联特工帮助他潜逃回国。

10月22日,茨维塔耶娃在法国警察局接受审查。

1938

1月30日,茨维塔耶娃最后一次在晚会上朗诵作品。

10月至11月,创作《致捷克诗章》中的《九月》组诗。

1939

3月,法西斯德国军队占领布拉格,茨维塔耶娃创作组诗《三月》,成为《致捷克诗章》的一部分。

6月12日,茨维塔耶娃带着儿子离开法国。

6月19日,茨维塔耶娃和儿子回到莫斯科,当天被安置到莫斯科郊区的鲍尔舍沃居住。

8月19日,阿里阿德娜被捕。

10月10日,谢尔盖·艾伏隆被捕。后于1941年10月16日被枪决。

10月31日,茨维塔耶娃给内务部人民委员会侦查处写信,请求批准她从海关领取行李。

11月8日(或10日),茨维塔耶娃带着儿子离开鲍尔舍沃。住在艾伏隆的姐姐莉莉娅的家里。

12月23日,茨维塔耶娃给贝利亚写信,替丈夫和女儿申诉,但得不到任何回复。

12月7日和8日,第一次到关押丈夫和女儿的监狱送东西。

冬天,茨维塔耶娃依靠翻译外国诗歌作品的微薄稿酬勉强维持生活。

1940

从冬天到初夏,茨维塔耶娃和儿子穆尔住在莫斯科郊区的戈里岑诺,在作家创作之家附近租了半间房子,午饭和晚饭到创作之家食堂就餐。

6月7日,茨维塔耶娃被迫离开戈里岑诺。她在莫斯科最初只租到了位于尼基茨卡娅街(现在叫赫尔岑街)的一间房子临时居住。

6月14日,茨维塔耶娃第二次给贝利亚写信,她为丈夫的身体担心,请求准许她探望亲人,但未得到批准。

8月,终于取出了被扣押的行李。

8月,茨维塔耶娃给斯大林发了一封电报:"帮帮我吧我处在绝望境地女作家玛丽娜·伊万诺夫娜。"

10月,茨维塔耶娃编辑自选诗集,手稿送给科·捷林斯基评审,评语写得十分恶劣:作品来自"那个世界","沉闷、病态","茨维塔耶娃不具备向人民抒发情感的权利"。

12月,茨维塔耶娃出色地翻译了波德莱尔的诗作《航程》,还翻译了几首法国民歌。

1941

6月7日和8日,玛丽娜·茨维塔耶娃连续两次跟安娜·阿赫玛托娃会面交谈。

6月22日,苏德战争爆发。

8月8日,茨维塔耶娃跟一批作家一道乘轮船去奇斯托波尔和叶拉布加。

8月18日,茨维塔耶娃跟其他几家抵达叶拉布加。她立刻开始找工作。

8月21日,茨维塔耶娃和儿子在伏罗希洛夫街10号租到房子,大房间用隔板围出来的一个小房间。

8月26日,茨维塔耶娃写了申请:"文学基金会委员会,请安排我在基金会开设的食堂里当个洗碗工。"而食堂要到秋天才能开始营业。

8月28日,茨维塔耶娃回到叶拉布加。

8月31日,星期日,住处只留下茨维塔耶娃一个人,她在棚子里上吊自尽。

9月2日,茨维塔耶娃被埋葬在叶拉布加墓地。